창문을 읽다

창문을 읽다

1판 1쇄 : 인쇄 2021년 05월 18일
1판 1쇄 : 발행 2021년 05월 24일

지은이 : 박덕은
펴낸이 : 서동영
펴낸곳 : 서영출판사

출판등록 : 2010년 11월 26일 제 (25100-2010-000011호)
주소 : 서울특별시 마포구 월드컵로31길 62, 1층
전화 : 02-338-0117 팩스 : 02-338-7160
이메일 : sdy5608@hanmail.net

그   림 : 박덕은
디자인 : 이원경

ⓒ2021박덕은 seo young printed in seoul korea
ISBN 978-89-97180-97-4 03810
ISBN 978-89-97180-62-2(set)

창문을 읽다

2020 · 서영

작가의 말

한동안 나는 산자락 동네에서 산 적이 있다. 거긴 거대한 당산 나무가 세 그루 있었다. 하나는 할아버지들이, 다른 하나는 할머니들이, 나머지 하나는 청년들이 차지하고 있었다.

아침부터 해거름참까지 할아버지 할머니의 시선들이 거기 주구장창 머물러 있었다.

무료한 눈길들은 지나가는 행인이 간혹 나타나면, 모두 그곳으로 시선을 일제히 집중시키며 그냥 그렇게 세월을 보내곤 했다.

그 무렵 나는 굳게 결심했다. 나는 저 당산나무 밑으로 가지 않겠다. 그 대신 시를 쓰고 수필을 쓰고 동화를 쓰겠다. 무료한 눈길은 우울증을 데리고 다닐 테니까.

지금 10여 개 문학회에서 내가 맡고 있는 문학 강의는 대부분 시 창작이지만, 어쩌다 한 번씩 수필을 써서 독자들에게 평가받곤 한다. 그러다, 이렇게 30여 편이 모이게 된 것이다. 이를 한자리에 모아 수필집 '창문을 읽다'로 펴내게 되다니, 감회가 새롭다. 괜히 눈물이 난다.

　어리석고, 무디고, 연약하고, 후회스러운 추억들도 많지만, 나름대로 보람 있게 살아온 과거가 곁에 와서 위로해 주는 지금, 이 수필집이 주는 행복감이 생각보다는 크게 여겨진다.

　그저 감사할 뿐이다. 내 인생에서 국문과를 택한 것, 시를 쓰게 된 것, 수필과 친하게 된 것, 문학 강의를 하여 문학 제자들이 성장하도록 도운 것, 인생 후반에도 줄기차게 창작 생활을 하며 지낼 수 있는 것, 모두 다 감사하다.

　끝으로, 이 책이 나오기까지 용기를 준 분들, 문학의 길로 들어서도록 길잡이 노릇을 해주신 대학원 박사과정 지도 교수 최승범 박사님, 이 수필집이 나오도록 용기를 준 서동영 시인과 문우들, 그리고 창작 생활을 사랑하는 나의 문학 제자들에게 향긋한 고마움의 꽃다발을 바친다.

- 비 오는 어느 하루, 무등산을 바라보며
박덕은

차 례

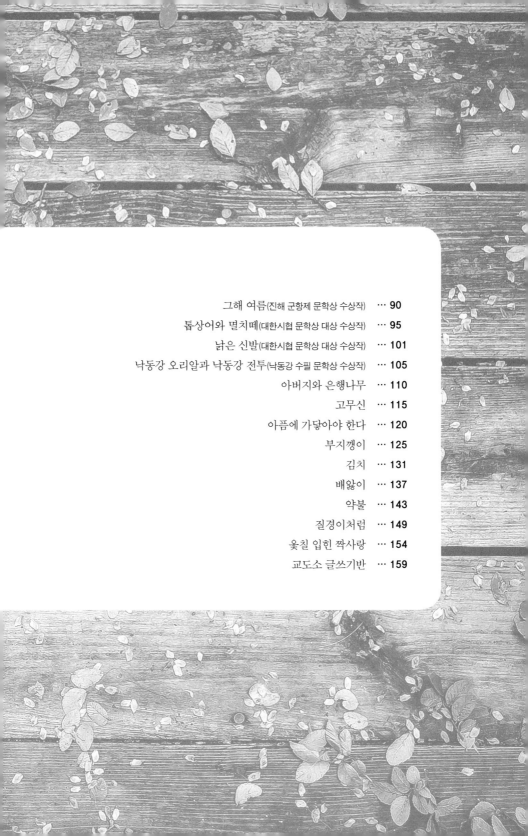

창문을 읽다

나무도마

　물기 묻은 나무도마를 식기 건조대에 올려놓았다. 도마는 살아온 내력만큼의 깊은 침묵 속으로 들어갔다.

　숲을 버리고 맨몸으로 다시 일어서며, 모진 칼날을 온몸으로 받아내면서 여기까지 왔다. 많은 시간을 칼 밑에 있어야 했다. 아무도 도와주지 않았다. 평생의 불운 같은 칼을 정면으로 응시했던 것은 살기 위한 몸부림.

　도마는 부처의 자비관慈悲觀 중의 하나인 비관의 시각을 갖고 있다. 우리가 흔히 쓰는 비관과는 다르다. 앞날의 일이 잘 안 될 것이라고 보는 부정적인 뜻의 비관이 아니다. 가엾게 여기는 슬픔의 눈길로 세상을 바라보는 것이 비관이다.

　이 비관은 함께 아파해 주는 공감의 시선을 지니고 있다. 도마는 베어지고 찍히면서도, 비릿한 것들의 파닥거림이 잠잠해질 때까지 움푹 패이는 아픔에서 한 발짝도 물러서지 않는다.

　토막 난 목숨들이 서러운 비린내로 번지며 서서히 사라질 때까지 그 곁을 떠나지 않는다.

　이십 년 전 어느 봄날, 비관의 시각을 가진 한 남자를 우연히 만났다. 남해안 쪽에 볼일이 있어 내려갔다가 올라오는 길이었다. 버스 안에서 우연히 지갑을 열었다가 명함 하나가 눈에 띄었다.

　신기하게도 그 명함에 적힌 교회 위치는 내가 타고 있는 버스가 지나가고 있는 길 근처에 있었다. 다급히 버스 기사에게 물었더니 다음 정류장에서 내리면 된다고 했다.

　버스에서 내린 후 마을이 보이는 남쪽 방향으로 한참 걸어 내려갔다. 전형적인 시골길이었다.

　길가에 촘촘히 핀 들꽃들이 처음으로 낯선 사람을 보는 양 반겨 주었다. 마을 어귀에 이르렀는데 조용했다. 개 짖는 소리조차 없었다.

　첫 번째 집 대문을 두드렸다. 인기척이 없었다. 대문이 없는 두 번째 집을 기웃거렸다. 마당에서 한 남자가 돼지우리 앞에서 볏짚을 나르고 있었다. 마당 안으로 몇 걸음 들어가 아저씨를 불렀다. 그는 하던 일을 멈추고 쇠스랑을 손에 든 채 나를 돌아봤다.

　그 순간 나는 섬찟 놀라 한두 걸음 뒤로 물러섰다. 마치 영화 속에서나 등장할 법한 희멀건 표정으로 눈썹도 없이 나를 바라봤기 때문이다.

　그는 교회 목사님을 만나고 싶다는 나를 미소로 반겨 주며 묵묵히 다가와 손을 내밀었다. 놀랍게도 손가락이 없는 뭉텅한 손이었다. 손바닥만 있는 손.

그때서야 이곳이 음성나환자촌임을 깨달았다. 당황한 마음을 눈치챈 듯 그는 내 손을 덥썩 잡으며 교회로 가는 길을 안내했다. 미궁 속으로 빠져들 듯 좁은 골목길을 걸었다.

올해 들어 마을을 찾은 두 번째 외부 손님이라며 그는 무척 반가워했다. 나의 경계심을 풀어 주기 위해 일부러 자신의 이야기를 꺼내 놓았다.

열아홉 살에 나병환자라는 낙인이 찍힌 후 불가촉천민으로 분류돼 그는 집에서도 쫓겨났다. 사람들에게 다가갈 수 없는 오염된 괴물로 취급받아 그는 서글펐다.

어우러져 살고픈 낯익은 순간들은 그 어디에도 없었다. 매순간 그는 춥고 어지러웠다. 사람들이 돌을 던지면 고개를 숙였다. 맞다가 얼굴에서 피가 흐르면 그는 달리기 시작했다.

나병이 심해질수록 사람들에게 발길질을 당했다. 가도 가도 숨막힌 천리길, 그 막다른 골목에서조차 그는 내쫓김을 당했다.

동서남북 그 어디로도 갈 수 없어 그는 살기 위해 비명 같은 길을 걸었다. 걷다 보면 죄 없는 발가락 하나가 툭 떨어져 나갔다. 그 발가락처럼 그도 모든 것을 놓아 버리고 싶었던 때가 수도 없이 많았다.

질기디질긴 것이 목숨줄이었다. 수백 번 수천 번 외로움이 숨통을 조여 왔다. 무너지고 넘어지기를 반복하다가 이곳까지 왔다고 그는 덤덤히 말했다.

박덕은 作 [나무도마]

　그에게서 칼자국이 가득한 나무도마처럼 아득한 외로움이 느껴졌다.

　어느 날, 그의 병이 음성으로 판명된 후 그는 세상을 달리 보게 되었다. 상처로 움푹 꺼진 깊이에 파묻히지 않고 그 깊이만큼 높이를 쌓았다. 높아진 꽃대에서 그의 봄이 열리기 시작했다.

　살아 있는 모든 것들이 짠하게 보였다. 분노에 휩싸여 악을 쓰는 사람도 내쫓김을 당해 도망가는 사람도 모두 가엾게 보였다. 폭발하기 직전까지 참아 본 사람만이 삶을 버티기 위해 날카로운 비명을 내지른다는 것을 그는 알았다.

살기 위해 악을 쓰는 소리가 연민으로 느껴지려면 얼마나 외로워해야 했을까.

외로워야 볼 수 있는 것이 있다. 나무도마처럼 그도 찍히고 물어뜯기다가 그 끝에서 일어나 비관의 시각을 갖게 된 것일까. 예리한 칼끝 같은 아픔에 속절없이 무너져 본 자만이 타인에 대해 온기를 품을 수 있는 것일까.

슬픔의 눈길은 아픔을 오래 응시할수록 따스하고 깊다. 자고 나면 또 뚝 떨어져 나갈 몸, 그 몸으로 살얼음 어는 세상을 가로질러 온기를 길어 올렸을 것이다.

서러움이 왈칵 쏟아질 듯 그는 마른기침을 해댔다. 그의 얼굴이 벌게졌다. 잡고 있던 그의 손에서 아릿함이 느껴졌다. 나는 아침부터 명치 끝을 누르던 답답함이 서서히 사라지고 있는 듯했다.

그는 자신이 입은 상처에 겁먹지 않고 세상을 품기 시작했던 것이다. 그는 이제 더이상 천민賤民이 아니었다. 하늘의 혈통을 이어받은 천민天民이었다.

작은 골목을 나와, 텃밭 서너 개를 지나니, 싸리 울타리 곁에 아담한 교회가 있었다. 아쉽게도 목사님은 출타 중이어서 그날은 만나지 못했다.

그는 버스 정류장까지 또다시 내 손을 잡고 배웅해 주었다. 좀 전에 걸었던 길을 다시 되짚으며 걸었다.

그에게 길은 팔다리 성한 계절에서 멀리 떠밀린 고독, 그 자체였을 것이다. 깊이를 알 수 없는 외로움에 빠져들 때 그는 영원히 두 눈을 감고 싶었으리라. 그때마다 죽을힘을 다해 닫힌 문을 열 수 있었던 건 그가 하늘의 혈통을 이어받은 천민이기 때문이리라.

그 문을 통해 그는 가슴을 열었다. 나는 그의 손을 힘주어 잡고 걸었다. 어느덧 버스 정류장에 도착했다. 손바닥만 있는 그의 두 손을 마주잡으며 아쉬움을 달랬다. 그 손은 나무도마처럼 거칠고 고요했다.

- 아리 문화상 수상작

끝자리에서 자신을 만나 보면

모처럼 다대포 몰운대 둘레길을 걸으며 나는 내 과거를 되돌아 보았다. 테이프를 빨리 감기하듯 미리 앞서가서 마지막을 볼 수 있다면 과열된 하루에서 힘을 뺄 수가 있다.

지상에서의 마지막 머무름이 허락된 그 집을 들여다봤을 때 비로소 내가 가야 할 길이 보였다. 억지로라도 맨 끝자리로 가서 자신을 만나 볼 필요가 있다.

무덤에서 얼마 떨어지지 않는 산비탈에 조가비처럼 엎드려 있는 생이집. 당시 우리는 그곳을 상여집이라고 부르지 않고 모두들 생이집이라고 했다.

'시체를 실어 나르는 제구인 상여를 넣어 두는 곳, 생이집!'

어린 시절 우리의 뇌리에 생이집은 단순히 그런 역할만을 하는 곳이 아니었다. 무시무시한 어떤 힘이 잠재되어 있을 것만 같은, 왠지 두렵고 오금을 저리게 하는 그 무엇이 들어 있을 것 같은 그런 곳이었다.

생이집이라는 단어에 입술이 닿기라도 하면 독이 있는 전갈에게 물리기라도 하는 듯 우리는 다들 소스라치며 무서워했다.

생이집 근처에서는 죽음을 건너는 발소리들이 밀려드는 듯 바람소리가 났다. 머리카락을 풀어헤친 갈대의 울음이 알 수 없는 어딘가로 끌려가며 으스스댔다. 생이집 근방을 지날 때면 아무리 간 큰 녀석들이라 할지라도 입을 꾹 다물었다. 숨을 죽인 채 무엇에겐가 쫓기듯 뜀박질로 이곳을 지나쳤다.

내가 유심히 보니, 상급생 형과 누나들도 그리고 동네 어른들도 이곳을 지날 때면 무의식중에 발걸음을 아주 빨리 했다. 등하굣길 중에 제일 무서웠던 곳은 역시 생이집 앞을 지날 때였다.

대학생이 되어서도 생이집에 대한 두려움은 여전했다. 엄밀히 말하면 죽음에 대한 두려움만큼이나 삶에 대한 두려움이 컸었다.

그 당시 나는 부모님의 뜻을 따르지 않고 내가 원하는 대학에 들어갔다. 그것 때문에 대학을 졸업할 때까지 내가 직접 돈을 벌어서 다녀야 했다. 혼자서 끝까지 잘 해낼 수 있을지, 넘어지지 않고 헤쳐나갈 수 있을지 많은 것들이 염려스러웠다. 그런 두려움들 탓인지 생이집에 대한 꿈을 자주 꾸었다.

언제 어떻게 죽을지 모른다는 염려 때문에 우리는 도전을 두려워하고 겁을 먹는다. 죽음을 거부하고 오래 살고 싶다는 욕심 때문에 평정심으로 이끌어 왔던 삶의 균형 감각을 깨뜨리기도 한다.

박덕은 作 [끝자리에서 자신을 만나 보면]

　이유야 어떻든 죽음에 대한 생각을 정리하지 않으면 온전한 하루를 살 수가 없다. 내일이라는 시간은 당연히 온다고 여기며 사는 건방진 하루, 내일이라는 시간은 영영 오지 않을 수도 있다고 여기며 사는 소심한 하루, 그렇게 감정적으로 치우친 하루를 나는 살고 싶지는 않았다. 죽음에 대한 생각들을 정리하지 못해 내 감정이 넘치거나 부족하여 삶의 방향을 잃고 싶지는 않았다.

　어느 날, 나는 혼자서 고향에 있는 생이집을 찾아가 보기로 결심했다. 한겨울로 접어드는 그 무렵이었다.

대학생이 되어 모처럼 가보는 고향길은 참으로 정겨웠다. 여기저기 풍경들이 눈물겹도록 반가웠다. 여러 곳이 많이 변해 있긴 했지만, 그래도 상당 부분이 옛날 그대로였다.

문둥이 뫼똥이나 생이집도 여전했다. 하나도 변하지 않은 채 제자리에 그대로 엎디어 있었다.

두 손으로 바지 앞을 가리지 않고 문둥이 뫼똥 앞을 의연히 통과한 나는 산비탈에 있는 생이집을 향해 밭두렁으로 성큼 들어섰다.

밭두렁이 끝나는 곳부터 갈대숲이 우거져 있었다. 가까이 가보니 갈대숲은 멀리서 보기와는 달리 내 키를 넘어설 만큼 훌쩍 컸다. 여기저기 덜 녹은 눈이 듬성듬성 널려 있을 뿐, 사방은 고요하기 그지없었다. 벌판 쪽을 힐끗 한 번 돌아봤으나, 사람의 그림자는 그 어디에도 없었다.

갈대숲을 헤치고 생이집 쪽으로 다가가는 데는 한참이나 걸렸다. 드디어 갈대숲이 끝나고, 생이집 앞에 이르렀다. 생이집의 문은 산꼭대기 쪽, 그러니까 동쪽을 향해 나 있었다. 생이집 문은 의외로 컸다. 하기야 큰 상여가 들락날락거리려면 그런 정도의 크기는 되어야 할 것 같았다.

생이집 문은 두꺼운 판자로 되어 있었다. 옛날 우리집 소슬대문과 비슷했다. 문에는 열쇠가 채워져 있지 않았다. 언제나 죽음은 예고도 없이 찾아올 수 있다는 듯 문은 잠궈져 있지 않았다. 그러나 힘을 잔뜩 주어 문을 열어야만 열릴 것 같았다.

팔에 힘을 주어 문고리를 힘껏 끌어당겼다. 그 순간 나는 깜짝 놀라고 말았다. 더디게 열릴 거라 생각했던 생이집 문이 기름칠 위에서 미끄러지듯 스르르 열렸기 때문이었다.

죽음의 그림자가 내 앞으로 다가온 듯 나도 모르게 뒷걸음질쳤다. 조심스레 안으로 들어갔다. 생이집 안에는 갖가지 제구들이 나란히 늘어서 있었다. 마을에서 자주 본 모습 그대로였다. 앞의 단강과 장강, 위의 양장, 뒤의 보장도 그대로였다. 상여 앞뒤로 따라붙은 각종 기들과 장신구들도 있었다.

보이지 않는 공포 때문에 우리는 실체적 진실과 마주하기를 두려워한다. 짙은 색의 선글라스를 벗고 바라보면 되는 것을 어두워서 두렵다고 겁부터 먹는 것이다.

익숙하게 들어왔던 속설들에 대해 왜 의문을 갖지 못했던 것일까. 왜 타인의 목소리를 나의 목소리라 여기고 나의 목소리가 먼 훗날 너의 목소리가 되어야 한다고 우격다짐처럼 믿어 왔을까.

나는 그동안 이유가 분명하지 않는 두려움과 공포에 갇혀 하루를 살았던 것이다.

생이집 가운데에 놓여 있는 상여가 눈에 들어왔다. 작년에 돌아가신 큰아버지는 지상에서의 마지막을 이 상여에 맡겼다.

큰아버지는 마지막으로 누울 자리가 이곳이라는 것을 아셨던 것일까. 큰아버지는 늘 따뜻한 눈길로 나의 단점을 개성이라고 바라봐 주며 품어 주셨다. 내가 불안한 기색으로 안달하며 뭔가를 하고 있으면 허허 웃으며 이렇게 말씀하시곤 했었다.

"천천히 해라. 누가 잡으러 오냐? 빨리 하든 천천히 하든 매 한 가지다."

그 당시에는 '매 한 가지다'라는 말을 이해할 수가 없었다.

창문을 읽다

내 주위의 사람들은 정해진 틀 안에서 늘 바삐 살아갔다. 습관처럼 나도 바삐 움직였다. 하지만 큰아버지는 다른 어른들과는 달리 여유가 있었다. 먼 곳을 응시하는 눈빛에서 여유가 느껴졌다.

나도 언젠가는 이 상여에 나의 마지막을 맡길 것이다. 두려움 일색이었던 상여가 달리 느껴졌다.

끝자리에 섰을 때 오히려 불안한 마음을 차분하게 가라앉히게 해주는 것들이 있다. 그 고요한 마음이 내가 선 자리에서 생의 속도를 조절하게 해준다. 긴 호흡으로 멀리 내다보며 하루를 살아가게 해준다.

나는 생이집을 다녀온 후 조금은 더 여유로워지고 있었다.

아까는 몰운대 전체가 안개에 잠겨 보이지 않았는데, 이제는 부드러운 해안선이 눈에 들어온다. 그렇다, 저 몰운대처럼 아기자기하게 살아가자. 숲과 기암괴석과 파도와 해안선이 서로 완만히 살아가듯, 그리하여 학이 날아가는 듯 우아하게 살아가자.

- 사하 모래톱 문학상 수상작

쌍골죽과 대금 소리

　소리에도 무게가 있다. 달밤을 가득 채우는 대금산조. 상처 먹고 자란 대금 소리가 묵직하게 느껴진다.

　사납게 일렁이는 속울음처럼 애절한 음이 찻집을 가득 메우더니, 이내 가을산에 취해 모여든 사람들의 가슴에 잔물결을 일으킨다. 마음 한켠에 깊숙이 묻어둔 사연들이 소리의 옷을 입고 저릿하게 다가온다.

　대금을 제작할 때 최고의 재료로 쓰이는 것은 쌍골죽이다. 병든 대나무라 하여 병죽病竹이라고도 불리는 쌍골죽은 마디 양쪽에 골이 패여 있다.

　일반 대나무와는 달리 쌍골죽은 어느 정도 크면 더 이상 자라지 않고 속이 두텁게 차오른다. 그런 상태로 힘들게 수령을 이어간다.

나보다 열세 살이나 어린 그녀는 집안의 반대에도 불구하고 가난하고 몸이 허약한 남자와 결혼을 했다. 대학 입학 후 신입생 첫 미팅에서 만난 남학생이었다.

그녀는 사랑에 대해서만큼은 단단한 믿음이 있었다. 폭설 속에서도 푸른 생을 내뿜는 대나무처럼 사랑을 지켜나갈 거라며 행복해 했다.

마음이 따스하고 밝은 성격의 그녀 주위엔 늘 친구가 많았다. 친구들과 이야기하길 좋아하는 그녀는 출렁이는 햇살에 반짝이는 댓잎처럼 늘 활기차 보였다. 시어머니를 엄마라 부르며 살갑게 다가가는 그녀는 형편이 넉넉지 않아 이사를 자주 해야 했다.

남해안 어느 항구 근처에 신혼살림을 차렸는데 직장을 자주 옮긴 탓에 정착하지 못하고 떠돌곤 했다. 그럼에도 불구하고 시련을 통해 대나무의 마디가 만들어지듯, 그녀는 경제적인 어려움을 잘 이겨냈다. 허리뼈 빠개지도록 부는 바람에 흔들리면서도 좀처럼 꺾이지 않았다.

대나무는 일본 히로시마 원폭 투하 속에서도 유일하게 살아남은 식물이라 한다. 그녀는 그런 대나무처럼 강인함으로 역경을 잘 헤쳐나갔다.

아들 하나 딸 둘을 키우던 어느 날, 그녀의 남편은 갑자기 입원을 했다. 남편의 긴 투병 생활을 예고한 듯 그녀의 일상 속으로 아픔이 시나브로 스며들기 시작했다.

어느 만큼 자라면 성장하지 않는 쌍골죽처럼 그녀의 행복도 멈춘 것인지, 얼마 안 있어 그녀도 뇌출혈로 쓰러졌다. 막내가 중학교를 채 졸업하지도 않았는데, 완전히 의식을 잃은 상태로 수술실로 들어갔다.

수술 후에도 여러 날 깨어나지 못했다. 깨어난 후로도 머리가 어지럽고 찌끈거리며 눈알이 빠질 것 같다며 몹시 힘들어 했다. 그녀의 눈빛에 빽빽하게 들어찬 슬픔이 속울음에 엉겨붙어 병실은 어둡기만 했다.

퇴원한 뒤 어느 날이었다. 여든이 넘은 시어머니가 교통사고를 당해 갈비뼈와 허리뼈가 부러졌다. 아픈 몸으로 시어머니를 병간호하며 그녀는 힘겹게 삶을 이어나갔다.

그녀가 서 있는 길은 아찔한 벼랑 끝이어서 동서남북 그 어디에도 희망은 보이지 않았다. 차오르는 서러움을 대나무의 마디 같은 가슴뼈 안쪽에 쌓아두어야 했다.

생육환경이 좋지 않아서인지 깊은 산의 경사진 곳이나 돌이 많은 곳에서 자란 쌍골죽은 S자 모양으로 휘어지고 뒤틀린 경우가 많다. 이런 쌍골죽으로 대금을 만들려면 최소 일 년 동안 정성을 들여야 한다.

쌍골죽의 습기를 제거한 뒤 휘어져 있는 부분을 불로 달구고 힘을 줘서 곧게 펴는 작업을 몇 번이고 반복한다. 관성처럼 다시 뒤틀리는 것을 방지하기 위해 군데군데 명주실로 동여맨다. 그런 상태로 바람이 잘 드는 그늘에다 한동안 놔두어야 한다.

수술을 한 지 5년이 채 안 된 가을, 그녀는 다시 뇌수술을 하기

박덕은 作 [쌍골죽과 대금 소리]

위해 대학병원에 입원했다. 수술실로 들어가면서 영영 나오지 못할까 봐 무서워했다.

　수술이라는 블랙홀 속으로 빨려 들어가 지상의 명단에서 이름 석 자가 영원히 사라질까 봐, 그녀는 울음을 쏟아냈다. 잘될 거라며 서로를 껴안는 아픔에 그날 오후는 숨죽이고 있었다.

　수술 시간은 길어지고 째깍거리는 초침 소리에 숨통이 막혀 그녀의 가족들은 모두 힘들어했다. 다행히 수술은 잘됐지만 혈관을 막는 피떡 때문에 삼 일 넘게 혈전용해제를 써야 했다.

그녀는 산소 호흡기로 버티며 이겨냈다. 죽을 고비를 넘기고 퇴원한 그녀가 하루는 이런 말을 했다.

"나는 넘치는 사랑을 받고 사는 여자예요. 파킨슨병을 앓고 있는 남편이 예쁜 자식을 셋이나 낳아 줘서 고맙다며 손가락 세 개를 번쩍 세우더니 힘내라고 응원해 줬어요. 어제는 유자차도 한 잔 마셨어요. 참 따스한 시간이었어요. 생각해 보니까 감사해야 할 것들이 참 많더군요. 그걸 그동안 잊고 살았더라구요."

쌍골죽처럼 휘어지고 뒤틀린 삶의 뒤안길을 묵묵히 견디며 걸어온 그녀는 이제는 감사의 기도를 드리며 산다고 웃으며 말했다.

삶은 우리가 꿈꾸는 방향으로 가지 못한 경우가 많다. 그 꿈과는 너무 멀어져서 도저히 돌아갈 수도 없다. 그런 부정적인 상황 속에서도 삶이 아름다워질 수 있는 가능성을 발견해야 한다. 내 인생의 이야기를 명주실의 흰빛으로 동여매듯 새롭게 써야 한다.

쌍골죽은 일반적인 대나무보다 속이 꽉 차 있는데 속살의 두께가 1.3~2.4배가량 더 두껍다. 그 두께만큼 상처도 깊어 쌍골죽으로 만든 대금은 희로애락의 감성을 잘 짚어낸다.

대나무의 안쪽 벽에 바람의 흐느낌과 달빛의 울컥임까지 새겼기에, 감성의 깊이가 남다르다. 병들며 커 가는 아픔을 안고 자란 탓인지 애처롭고 처량한 느낌을 쌍골죽은 잘 표현한다.

상처 깊은 아픔이 한에 짓눌리지 않고 그 한을 넘어선 소리에 다다를 때까지, 대금을 만드는 사람도 쌍골죽 스스로도 기도의 시간을 가지며 이겨냈을 것이다.

지천명을 넘기고 이순을 바라보는 그녀는 삶이 감당할 수 없을 만큼 힘들어 포기하고 싶을 때도 많았을 것이다. 하지만 막내딸이 대학을 졸업할 때까지는 살아 있어야 한다며, 엄마이니까 자식을 지켜야 한다며, 그녀는 죽을 만큼 아프다는 통증을 견뎌내며 하루하루 기도를 했다. 그러자 살아 있음에 감사하고 소소한 일상에서 행복을 느낄 수 있었다.

캄캄한 어둠 속에서 슬픔만 바라보던 그녀는 행복을 느낄 줄 아는 여자로 서서히 변모되어 가고 있다. 절망과 좌절에 맞닿아 있던 그녀에게서 따스한 위로를 받는다.

슬픔을 따스한 위로로 무게감 있게 연주한 대금 소리가 가을밤 찻집을 물들이고 있다.

달빛에 젖은 계면조界面調의 흐느끼는 가락이 은은하고 편안한 평조平調로 바뀌고 있다. 소리에 젖은 밤이 깊어 갈수록, 내 마음도 어느새 고요해져 간다.

- 경북일보 호미 문학상 수필 수상작

살바도르 달리의 손짓

　평생 비합리적이고 비상식적인 예술을 추구해 온 스페인 화가 살바도르 달리(Salvador Dali)는 고교 시절부터 나의 이정표였다.

　그의 작품 〈구운 베이컨과 부드러운 자화상〉은 오래도록 나의 눈길을 끌었다. 상식을 깨는 예술, 초현실적인 미술은 이성의 지배에서 벗어나 환상의 세계를 다루고 있어서, 순식간에 내 취향을 저격했다.

　스페인의 작은 도시 피게레스(Figueres)에서 1904년 5월 11일에 태어난 살바도르, 그의 형 이름도 아버지 이름도 살바도르였다.

　스페인 마드리드 미술학교에서 공부하다, 파리로 넘어가 그곳에서 초현실주의의 세계에 빠져들었다. 그의 환상적 사실주의가 나의 고교 시절을 송두리째 빼앗아 가버렸다.

　나의 눈과 귀와 입은 온통 살바도르 달리로 향하고 있었다. 하루

창문을 읽다

를 통째로 살바도르 달리와 함께 호흡했다.

봄이 오는 이유도 가을이 다가오는 까닭도 살바도르 달리가 있었기에 의미가 있었다.

그는 자신의 그림 이미지에 대한 무의식적 접근을 위해 환각 상태로 자기 자신을 유도했다. 그래서 그의 그림들은 몽환적이고 유니크하여, 마치 꿈속 세계를 묘사한 듯하다. 작품 속 사물들은 모두 황혼의 메마른 풍경을 배경으로 초현실적인 형태로 나타났다.

무엇보다도 아내 갈라를 온 마음을 다해 사랑했고, '나의 행복은 오직 아내였고, 불행은 아내의 죽음이었다'라고 말했던 달리.

이 화가의 정신세계에 깊숙이 빠져든 나는 법학과로 진학하라는 부모의 간곡한 말을 당돌하게 거역하고, 살바도르 달리가 사용하는 언어인 스페인어를 공부하기 위해 서반어학과로 대학 지원서를 내기로 했다.

대학 진학도 살바도르 달리가 있기에 나에게 의미가 있었던 거였다. 첫사랑처럼 내 가슴을 온통 흔들었기에 서반어학과만 고집했다. 어느 날 갑자기 겨드랑이에서 아름다운 날개가 돋아날 거라고 믿었던 어린 시절의 순진함처럼 나는 살바도르 달리를 만나기 위해 서반어학과를 가고 싶었다.

이에 깜짝 놀란 부모의 다각적이고도 적극적인 반대에도 불구하고, 나는 한동안 〈시간의 영속〉, 〈기억의 지속〉, 〈코끼리를 비치는 백조〉, 〈주변을 날아다니는 한 마리 꿀벌에 의해 야기된 꿈〉이라는 살바도르 달리의 그림 속으로 쏘옥 빨려 들어가 지냈다.

살바도르 달리의 작품, 태도, 수염만 봐도 그가 괴짜임에 틀림없

박덕은 作 [살바도르 달리의 손짓]

었는데도, 그가 인연을 맺었던 피카소, 코코샤넬, 막스 에른스트, 르
네 마그리트, 폴 엘쥐아르, 앙드레 부르통 등이 모두 나의 부러운 대
상들이었다.

　이 유명한 천재들이 사는 곳으로 가기 위해, 나의 고교 시절은 온
통 서반아학과를 꿈꾸는 시간들로 차곡차곡 채워졌다. 하지만, 결
국 나의 꿈과 방향은 철저히 현실주의자인 나의 부모에 의해 꽁꽁
막혀 버렸다.

　만약 내가 '그때 그 길을 선택했다면', 나는 서반아학과를 졸업한

뒤, 곧바로 스페인으로 부르릉 날아갔을 것이고, 거기서 외교관 소속 직원이 되었거나, 아니면 초현실주의 화가가 되어, 마드리드 거리나 파리 몽마르뜨 언덕에서 그림을 그리고 있었을 것이다.

비록 가난하고 덥수룩한 굴레수염이 나 있는, 그런 볼품없는 화가였겠지만, 그런대로 자유롭고 낭만 가득한 눈빛으로 하루 하루 행복하게 살아가고 있었을 것이다.

지금도 간혹 살바도르 달리의 그림을 보며 멍때리는 시간을 보내곤 한다. 〈불타는 기린〉, 〈리가트항의 성모〉, 〈메모리 지속성의 붕괴〉, 〈최후의 만찬〉, 그리고 〈잠〉을 연민 어린 눈길로 지그시 바라보며 촉촉이 눈시울을 적시곤 한다. 아마도 나는 전생에 스페인 거리를 떠도는 초현실주의 화가였나 보다.

- 샘터 수필 문학상 수상작

선물

꙳

큰아버지네 과수원은 동네에서 신작로로 가는 사잇길에 있었
다. 등하굣길에서 눈맞춤하는 복숭아는 참으로 달콤한 유혹이었
다. 혀끝을 간질이는 달달함이 길을 막고 서 있었다.

학교 정문을 벗어나 아이들과 함께 달리기를 시작하면, 팝콘처
럼 터져 나오는 웃음소리로 봄이 가고 여름이 왔다. 우리는 서로
에게 잎과 가지처럼 하나였다. 또래 아이들이 워낙 많아 무리를 지
어 달리다 보면 길마다 달디단 과즙이 쏟아졌다.

과수원 앞에 도착할 즈음엔 어김없이 배가 고팠다. 복숭아는 익
어 한낮의 손끝만 닿아도 떨어질 듯했다.

개구쟁이로 소문난 나와 아이들은 차마 그 탐스런 복숭아를 그
냥 지나칠 수는 없었다. 어차피 떨어지면 시장에 내다 팔지도 못하
고 썩을 텐데 떨어지기 전의 것은 따도 될 것 같았다.

우리는 개구멍을 만들었고, 수시로 그 개구멍을 드나들며 복숭아 서리를 했다. 단, 한 번에 복숭아 두 개까지만 따는 것으로 우리끼리 은밀한 합의를 봤다. 큰아버지에게 미안한 마음이 들어 '둘'이라는 숫자로 우리 욕심을 다소 추스렸다.

　어느 하굣길, 이번에는 내가 제일 먼저 개구멍 속으로 기어들어 갔다. 탱자울타리의 가시에 찔리지 않기 위해 최대한 몸을 낮추며 들어갔다. 그런데 과수원에는 뜻밖에도 큼직한 큰아버지의 손바닥이 기다리고 있었다. 서너 개의 복숭아를 합만 것만큼이나 커다란 손바닥이었다.

　내 목덜미는 이미 큰아버지의 손아귀에 들어가 있었다. 탱자 가시에 찔린 것보다 더 따가웠다. 내 뒤를 따라 기어오던 애들은 황급히 뒷걸음질쳐 다들 개울 너머로 도망쳐 버렸다.

　'아뿔싸, 잡혔구나.' 하는 그 순간, 혼쭐날 생각에 온몸이 작아져 오그라들기 시작했다.

　"복숭아 서리를 한 녀석이 바로 네놈이었구나."

　큰아버지의 목소리가 등짝을 후려치듯 매서웠다. 겁먹은 나는 짓이겨진 과육 같은 눈물을 뚝뚝 흘렸다.

　큰아버지는 나를 복숭아밭 한가운데로 데리고 갔다. 복숭아가 주렁주렁 달려 있는 유달리 큰 복숭아나무 아래 나를 세우더니, 이렇게 말했다.

　"앞으로 복숭아가 정 먹고 싶으면, 바로 이 천도복숭아를 따 먹거라. 다른 복숭아들은 다 시장에 내다 파는 것들이지만, 이건 말

랑말랑한 거라서 파는 복숭아가 아니란다. 알겠냐?"

회초리를 맞을 것 같아 조마조마했던 내게 큰아버지는 껍질 벗긴 천도복숭아를 두 개나 선물로 안겨 주었다. 죄스러움에 곧바로 먹을 수가 없었다.

큰아버지는 이번 일을 비밀에 부쳤다. 그 덕분에 사촌들에게 놀림 받지 않아도 됐다. 그날 이후 나는 개구멍을 기어다니는 개구쟁이에서 개구멍을 지키는 파수꾼으로 변신했다.

큰아버지는 나의 장난끼를 나만의 개성으로 받아주었다.

사촌들 사이에서도 유독 고집이 센 나를 틀에 맞춰 그 안에 집어넣으려고도 하지 않았다. 반듯하게 둥근 모양이 되라고 강요하지도 않았다. 정해진 궤도에서 이탈해도 그 또한 길이라며 인정해 주었다.

나는 큰아버지의 너른 품 안에서 좌충우돌하면서도 세상을 따스하게 바라보기 시작했다. 일방적인 지시나 훈육이 아닌 존중이 좋았다.

우리가 꿈꾸는 무릉도원은 아름다운 세상을 뜻하는데 그 상징이 바로 복숭아다. 그 복숭아는 비난과 무시가 아닌 관용과 존중으로 열매를 맺는다.

큰아버지가 내게 건넨 선물 같은 복숭아처럼. 큰아버지는 내가 많이 모자라고 어설프더라도 부러진 나뭇가지가 되지 않도록 지지해 주었다. 가지 하나하나가 튼실하게 자랄 수 있도록 기다

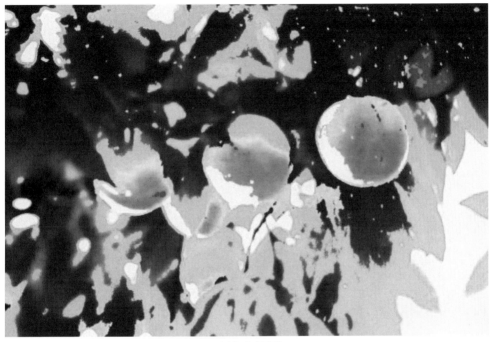
박덕은 作 [선물]

려 주었다.

　풋복숭아 같은 나의 입가에도 어느덧 복숭아 솜털 같은 수염이
자라났다. 초등학교를 졸업한 나는 큰아버지의 복숭아밭에서 멀
리 떨어진 도시로 유학을 갔다. 중학교로 터전을 옮겨 그 도시에
서 대학교까지 다녔다.
　여름 방학을 맞아 고향으로 내려가면 늘 큰아버지를 뵈러 갔다.
그때마다 큰아버지는 복숭아를 한 바구니 가득 내주었다. 두 볼이 발그레한 노을이 침을 삼켰다.

나는 어둑어둑해질 때까지 큰아버지와 이야기를 나누며 시간을 보냈다. 곤란한 문제까지 여쭈어 봤다. 그때마다 그 상황에 맞는 달콤한 복숭아 같은 선물을 해결책처럼 안겨 주었다.

하지만 고집이 센 나는 번번이 그 선물을 잃어 버렸다. 탱자 가시처럼 억지를 부려 상황을 더 곤란하게 만들기도 했다.

고등학교 때 자기주장이 강한 친구에게 그의 단점을 세세히 말해 준 적이 있었다. 친구는 그 뒤로 나를 적대시하기 시작했다.

큰아버지가 나에게 존중이라는 복숭아 같은 선물을 안겨 주듯이 나도 가까운 지인들에게 선물을 주고 싶은데 뜻대로 되질 않았다. 선물은 마음의 그릇을 키운 사람만이 줄 수 있다.

이번 주 토요일에 고등학교 친구들을 만나기로 했다. 그 친구도 나온다고 연락이 왔다. 복숭아를 한 바구니 사서 가지고 가야겠다.

- 글나라 백일장 우수상 수상작

창문을 읽다

　창문은 '존중과 소통'을 상징한다. 방에 들어와 방문을 닫아 버리면 문이 열리기 전까지는 철저히 안과 밖은 차단된다. 하지만 창문은 닫혀 있어도 늘 안팎을 이어준다.

　닫혀 있는 창문을 통해서 아침 햇살은 들어와 나의 볼을 간지럽히며 하루를 깨운다. 그러면서도 창문은 안과 바깥 모두를 존중한다. 창문을 사이에 두고 서로의 공간을 침해하지 않는다.

　한겨울의 차가운 바람일지라도 창문을 통해서 안의 공간을 존중해 주기에 우리는 겨울을 따뜻하게 보낼 수 있다.

　아버지는 결혼하기 전부터 어머니를 향해 창문을 달았다. 그 창문을 통해 펄펄 끓는 사랑을 보냈다.

　학교 다닐 때 아버지가 머물렀던 하숙집은 그 일대에서 덕망이 있다고 칭송 받은 선비 집안이었다. 외할아버지는 아버지의 성실함이 마음에 들어 일찍부터 아버지를 사윗감으로 낙점했다.

흙벽 아래서 봉창문을 통해 새어 나오는 어머니의 목소리에 가슴 설레였던 아버지는 달빛에 그리움을 실어 어머니에게로 다가갔다. 양반과 머슴, 주인집 딸과 하숙생이라는 안과 밖의 경계가 옅고 묽게 허물어졌다.

아침이면 붉은 햇덩이를 들어 올리는 바다의 힘에 흠뻑 빠진 파도가 발뒤꿈치까지 온통 붉어지듯이, 어머니는 아버지에게 그렇게 마음의 창문을 열었다. 외할아버지의 지지 덕분에 어머니는 가난한 하숙생인 아버지와 결혼했다.

아버지는 주로 남해안 섬 학교로 연달아 발령 받아 교사 생활을 했기 때문에 보름 만에 한 번꼴로 집에 들렀다. 어머니는 아버지의 빈자리까지 대신하며 사시사철 농사일에 매달려야 했다.

다섯 마지기나 되는 참외 농사를 포함해 적지 않은 밭농사와 논농사를 지었다. 7명의 자식들까지 챙겨야 했는데도 어머니는 힘든 기색도 없이 잘도 꾸려 나갔다. 간혹 집에 들른 아버지는 못난 자신 때문에 고생이 많다며 안쓰러운 눈길로 어머니를 바라다보곤 했다.

아버지는 특히 어머니의 노란 저고리 닮은 참외를 좋아했다. 한 달에 한두 번씩 어머니의 창문에는 꽃향이 스며들었다. 그러는 사이에 우리 형제들은 참외처럼 달콤하게 무르익어 모두 학교를 졸업하고 고향을 떠났다.

시골에 홀로 남게 된 어머니는 어느 날 당뇨병에서 시작된 합병증으로 그만 병석에 드러눕게 되었다. 퇴직을 한 아버지는 이때부터 눈에 띄게 헌신적인 모습을 보였다.

어머니의 봉창문이 무너지지 않게 아버지는 봄볕으로 암팡지게 엮어 새 단장을 하기 시작했다.

창문을 통해 들어오는 햇살도 계절에 따라 다른 감흥을 불러온다. 무더위 속에서 밀어붙이는 한낮의 열기는 사람들을 지치게 하지만, 봄의 발걸음을 기억하는 늦겨울의 햇살은 차갑게 떨어야 했던 굽은 시간을 펴 준다. 봄볕 같은 아버지의 정성 덕분에 어머니는 다시 미소와 건강을 되찾기 시작했다.

어머니의 병수발을 드는 아버지의 모습은 마치 왕비를 극진히 모시는 신하 같았다.

어머니는 누워서 입으로만 이것저것 자주 잔심부름을 시켰다.

"참외 먹고 싶어. 나가서 사와."

박덕은 作 [창문을 읽다]

"그릇은 깨끗이 두세 번씩 헹궈."

"살살 일으켜, 내가 무슨 짐짝이야?"

매번 퉁명스러운 목소리에도 불구하고, 아버지는 싫은 내색 한 번 하지 않았다. 어머니의 불만을 오히려 존중해 주었다.

아버지의 빈자리를 대신하며 아파했을 지난날이 못내 미안해서였을까. 어머니의 모든 불평은 봉창문을 받쳐 주는 창틀이 허술해서 그런 거라며 아버지는 기꺼이 감수했다.

그것만이 다는 아니었다. 어머니가 좋아하는 노래 가사들을 달력 뒤 백지에 매직으로 써서 사방 벽에 붙여 놓고 노래를 불러 주곤 했다. 어머니는 봉창문 밑에서 아버지가 불렀던 그때 그 시절을 떠올리는지 마냥 행복해 했다.

창문을 통해 들어오는 노을빛에 어머니의 저녁은 점점 따뜻해져 갔다. 어머니를 일으켜 목욕을 시켜 주는 동안에도 아버지 닮은 그 투박한 노래는 창문을 타고 들녘 너머 참외밭으로 날아가 밭 전체를 노랗게 물들였다. 그해 여름 참외밭은 단내음으로 가득했다.

아버지는 어머니를 만나 살면서 생각과 방향이 서로 맞지 않아 다툼도 많았지만, 늘 어머니를 향해 창문을 열었다. 성격이 급한 아버지가 화를 내면 어머니는 그 창문을 통해 천수답 같은 아버지의 가슴에 봄비를 뿌려 주었다.

오늘은 오후 수업을 하기 전에 문우들이 점심을 먹자고 해 약속 장소로 가는 길이다. 함께 나눔 하고 싶어 차 트렁크에는 둥그스름한 봉창문 닮은 참외 한 박스가 실려 있다.

여성 수강생이 대부분이기에 의도치 않는 오해로 인해 문제가 발생한 적도 있었다. 여성을 정해진 틀 속에 가둬 이해심과 따뜻함을 강요하고 요구했던 날들. 나는 그 틀만 고집하며 내 기준에 맞춰 달라고 했다. 뒤웅박처럼 작은 방에는 창문 하나 달지 않아 어둡기만 했다.

아버지가 걸었던 길을 뒤늦게 뒤따르며, 아버지의 시간에 가까이 다가가 보니, 이제 겨우 창문이 읽힌다. 존중과 소통이라는 창문은 먼저 나를 내려놓아야만이 튼튼하게 달 수 있다는 것을 조금씩 알아 가는 중이다. 그 창문을 통해 노랫소리 흘러들어 춤추는 그 날을 그려 본다.

- 경기 수필 문학상 수상작

남도의 아버지

파도 소리 저만치 걸어 두고 청춘을 불살랐을 여름 한철은 어디론가 사라지고, 가을은 숨가쁘게 고갯마루를 넘어서고 있다.

노랗게 물든 은행잎처럼 가만가만 꿈꾸는 듯 내려앉는 아버지의 발걸음은 오늘도 그곳으로 향했을 것이다.

은행나무 사이로 바람이 분다. 사랑 잃고 앓아누운 뒷모습처럼 쓸쓸하기만 하다. 암나무와 수나무가 마주하고 있어야 은행나무는 열매를 맺는다 하는데, 저 수나무는 부평초처럼 떠도는 마음 어쩌지 못해 가지마다 그리움만 새기고 있다.

오늘도 아버지의 헛헛함이 서린 오후는 긴 그림자만 남기고 있다.

"올해로 10년째예요, 아버지."

어머니 돌아가신 뒤에도 여전히 어머니가 드실 아침 밥상을 차려놓고 어머니가 좋아하는 '커피 한 잔'까지 타서 올려놓는 변함없는 아버지의 정성에게 나는 한마디했다.

"이젠 그만해요. 어머니도 하늘에서 충분히 감동했을 거예요."

둘째아들의 짓궂음에도 그저 미소만 띠는 아버지.

누가 말려도 소용이 없다.

"커피는 그렇다 쳐, 새벽마다 어머니 산소에 꼬박꼬박 다녀오는 거 힘들지도 않아요?"

이때 아버지는 탁자 위에 놓인 버스 승차권을 가리키며 말했다.

"이거 아깝잖아. 공짜로 노인들에게 나눠 주는 이거."

"그게 아까워 10년간 날마다 엄마 산소에 다녀오는 거예요?"

"……."

아버지가 사는 광주의 집에서 망월동 묘역까지는 한 시간 남짓 걸린다. 연애도 6개월을 넘기면 심드렁해진다는데, 아버지는 달랐다. 지금까지 한결같았다.

은행나무가 가을의 중심을 노랗게 물들이듯, 아버지는 어머니를 향한 그리움으로 생강처럼 매운 계절을 넘어서고 있었다.

아버지는 으스름달도 모르게 찾아든 외로움을 걸치고 새벽길 나섰다가 쓸쓸한 내음이 스며든 빈집으로 정오 때쯤 돌아왔다. 저렇게 캄캄하게 둥근 그림자를 끌고 10년을 묵묵히 걸었을 것이다.

아버지는 남도의 사나이라면 누가 뭐라 하든 말든, 뭐든 시작했으면 10년쯤은 해야 한다며 늘 너털웃음을 날렸다.

가르마를 탄 어머니의 머리 모양이 은행잎과 닮았다며 아버지는 유난히도 가을을 좋아했다. 여러 번의 빙하기를 견디고도 살아

박덕은 作 [남도의 아버지]

남은 은행나무처럼, 아버지는 초등학교 교사로 평생을 보냈다. 교
장도 교감도 주임도 욕심내지 않았다. 그저 평교사로 만족해하며
살았다. 주로 완도와 진도에 있는 섬마을 학교에서 교편을 잡으
며, 주말 부부로 살아갔다.

  아버지는 섬마을을 다니면서, 남도는 펄의 정신에 뿌리를 두고
있다고 늘 말씀했다. 펄이 1센티 두께로 형성되려면 2백 년쯤 걸
린다며 펄의 성실함과 인내심을 자주 얘기해 주었다. 그 덕분에
펄의 정신을 익힌 나는 한 번도 결석하지 않고 국민학교에서 대학
원까지 다닐 수 있었다.

  아버지는 토요일 집에 올 때마다 어김없이 과자가 가득 든 봉지
를 들고 왔다. 7남매 중 내게 할당된 과자는 고작 한 줌뿐. 그걸 마

을 변두리에 있는 내 여자친구에게 몽땅 가져다주었다. 맹세코 나는 그 과자 중 단 한 개도 빼먹지 않았다. 딱 하나만 빼서 먹고 싶었지만, 아버지가 말하는 그 남도 정신에 떳떳하고 싶었던 나는 침만 꼴딱꼴딱 삼키면서 몽땅 다 갖다 바쳤다. 하지만 놀랍게도 그녀는 나중에 그 사실을 전혀 기억하지 못했다.

아버지는 어머니와 함께 봄이면 은행나무처럼 새순을 틔워 한 뼘씩 가지를 늘리며 가을을 준비했다.

나는 그 가을의 은행잎을 책갈피 사이에 끼워 책에 좀이 슬지 않게 했다. 과자는 나에게 방부제 같은 은행잎처럼 짝사랑을 지켜 줄 증표 같은 것이었다.

아버지는 갯것들을 보듬는 펄처럼 어린 학생들을 끌어안으며 지극히 평범하게 살아가는 것에 만족했지만, 어머니에게는 매우 순종적이었다.

어머니가 당뇨로 쓰러져 병원 신세를 질 때는 거의 매 시간 곁을 떠나지 않고 정성껏 수발을 들었다. 퇴원 후에도 어머니는 누워서 주로 입으로 각종 심부름을 시켰다. 그때마다 아버지는 그 어떤 거부감도 없이 즉시 심부름을 완수해내곤 했다.

펄이 밀려드는 파도를 묵묵히 껴안고 바다를 지키듯 아버지는 그렇게 어머니 곁을 그림자처럼 지켰다.

"여보, 콩나물 다 다듬었어? 그러면 불에 올려 놔. 냄비 뚜껑 닫고. 다 끓을 때까지 절대 뚜껑 열지 마."

"소금은 조금만 쳐. 아니, 아니, 그렇게 말고, 반만."

"버선 신겨 봐. 아니, 양말 말고. 버선."

"거울 좀 바짝. 내 얼굴이 잘 보이도록 조금 위로 들어."

"가서 풀빵 사와. 먹고 싶어."

"내 구두 닦아 놔. 언제 외출할지 모르니까."

"오늘은 김치찌개로 해. 냉장고 김치 말고, 장독에 있는 김치로."

곁에서 들으면, 누워 있는 어머니는 여왕이고, 심부름을 곧잘 하는 아버지는 신하인 듯했다. 바다의 투정들을 다 받아 준 펄처럼 아버지는 어머니의 모든 것을 어리광으로 받아들였다.

하도 오랫동안 지켜본 정경이라서 뭐 이상할 것도 없었다.

당연한 일상이 펼쳐지고 있으니, 그 어떤 이견이나 이의를 제기할 필요조차도 없었다.

하루는 퇴근길에 아버지에게 전화를 걸었다.

"아버지, 나 오늘 바쁘거든요. 그러니 아파트 15층까지 못 올라가요. 아파트 입구에 나와 있으면 안 될까요?"

"알았다."

이유는 간단했다.

아버지는 내가 무얼 드시고 싶냐고 물을 때마다 늘 똑같은 대답뿐.

"아무것도 사 오지 마라. 먹을 것 많다. 난 괜찮아."

이 말에 몇 번은 속았지만, 이제는 속지 않는다. 나도 이제 중년이니까.

아파트에 도착하자, 아파트 입구 화단의 돌에 앉아 있는 아버지가 보였다.

차를 그 옆에 바짝 세워 놓고 다급한 목소리를 내보냈다.

"아버지, 잠깐 타 봐요. 할 말 있어요."

"무슨?"

아버지가 차에 타자마자 곧바로 출발해 버렸다.

이렇게라도 하지 않으면, 아버지는 외출을 좀처럼 하지 않으려 하시기 때문이다.

아파트를 벗어나자 눈길 머무는 곳마다 귀에 들리는 것마다 온통 노란 물결로 가을은 가득했다.

어느 날 어머니는 아버지가 즐겨 입은 마고자의 단추가 떨어졌다며 마당까지 나가서 찾기 시작했다. 길가 여기저기에 마고자의 단추들을 닮은 은행나무 열매들이 수북했다. 아버지도 그때의 일을 떠올리는 듯 두 눈을 감고 있었다.

그날 나는 뷔페로 갔다.

아버지는 눈을 몇 번 흘기기는 했지만, 맛나게 음식을 들었다. 식사 중에 아버지는 속삭이듯 말했다.

"아들아, 이거 몇 개 더 먹으면 안 되겠냐?"

껍데기째 있는 굴이었다.

"이거? 이거 한 개당 5,000원가량 할걸요?"

"그럼, 두 개만!"

아버지의 눈빛에 나는 못 이긴 척 접시를 들고 가서 굴을 다섯 개나 가져왔다.

"오늘은 제가 큰맘 먹고 한 턱 쏘는 거예요."

"고맙다, 고마워. 우리 아들 최고!"

아버지는 뷔페집인데도, 한 접시당 식비를 따로 낸다고 생각하는 듯했다.

몹시 미안해하는 아버지에게 나지막이 물었다.

"아버지, 엄마에게 왜 그리 잘해 준 거예요?"

그러자, 아버지는 장난끼 어린 눈빛을 하더니 속삭이듯 말했다.

"난 머슴의 자식이었고, 네 엄마는 양반집의 귀한 딸이었거든."

"그게 다예요?"

"그리고, 예쁘잖아."

"엄마가 예쁘다고요?"

그날 모처럼 부자지간에는 크고 작은 웃음다발이 오고 갔다.

집에 돌아가는 길에 슈퍼 앞에 있는 옷가게에 들러 털쉐터 하나를 두고 티격태격하다가 결국 사 입게 된 아버지의 한마디.

"이거 너 어릴 적에 내가 너에게 사다 준 그 과자, 그 과자값 갚는 거냐?"

중국 사람들은 귀족의 후손이라는 의미로 은행나무를 '공쑨스'라고 한다는데, 이제 보니 아버지에게 어머니는 사랑을 바치고 싶은 '공쑨스'였다.

집으로 가는 도중에 잠시 차를 멈췄다. 펄처럼 펼쳐진 은행나무가 먼 데서 날아든 해조음을 물고 출렁이고 있었다.

그날 남도의 아버지는 '공쑨스'의 열매를 찾았고, 남도의 아들은 짝사랑 같은 은행잎을 주웠다.

- 생활문예대상 수상작

어머니의 이끼

　일요일 아침, 며칠째 내리던 비가 그쳤다. 이끼 사진을 찍기 위해 무등산을 찾았다. 헐거워진 나사를 조이듯 쉬는 날이면 나는 어김없이 계곡을 찾아다녔다.

　무등산에 오르면 바위들로만 이루어진 골짜기가 있다. 무리 이룬 바위들이 사람들의 눈을 피해 그들만의 세상을 만들고 있었다.

　바위들은 허공을 업고 있었다. 바위의 둥근 아름다움은 가볍게 올라앉은 허공과 등을 맞댄 시간 속에서 깊어졌나 보다. 그 깊어진 바위에는 늘 이끼들이 많이 피어 있었다.

　옻나무가 많아 옻오를까 봐 피하다가 찔레꽃 가시에 찔리기도 했다. 어릴 적 아이들과 따먹었던 찔레꽃이 달처럼 희디흰 추억으로 서 있어서 아픔을 잠시 잊게 해줬다.

　맹감나무는 온몸에 초록의 비밀을 방울방울 매달고 지문이 닳도록 여름을 밀어 올리고 있었다. 며칠 동안 내린 비로 바위 골짜기에는 이끼가 푸르렀다. 서두르는 기색도 없이 이끼는 촉촉한 그늘의 문장들을 활짝 열어젖히고 있었다.

나는 사진기의 셔터를 눌러댔다. 가는 잎이 달린 이끼의 줄기는 너무 작아 초점을 맞추기가 힘들어 숨이 넘어갈 뻔했다.

한참 사진을 찍다가 배가 고파 골짜기 옆 큰나무 밑으로 자리를 옮겨 점심을 먹었다. 앉은자리 옆 바위에도 이끼가 있었다. 이끼에 물방울이 맺혀 아름다웠다.

자잘한 웃음소리 한 바가지를 계곡에 쏟아붓고도 모른 척 시치미떼고 있는 맑고 환한 푸른빛. 어릴 적 장독대의 이끼에도 푸른빛의 이슬방울이 맺혀 있었다. 어머니는 이끼에 손대지 못하게 했다.

장독을 떠받치고 있는 넓적한 돌에 이끼가 껴 있었는데 자식들이 실수로라도 그 이끼를 훼손할까 봐 늘 조심시켰다. 어머니는 이끼가 잘 자랄 수 있도록 물도 뿌려 주며 보호해 주었다.

"이끼는 지구의 옷이야. 숲과 사람의 옷이기도 하지. 이끼가 사라지는 그날, 지구도 숲도 사람도 사라질 테니까."

어머니는 한결같이 이끼를 자식 돌보듯 했다. 히말라야의 절벽 같은 가혹한 환경에서도 견디며 산다는 이끼처럼 어머니는 힘든 세상을 그렇게 견뎠다.

어머니는 돌아가실 때까지 10여 년가량 병석에 누워 계셨다. 비록 거동이 불편했어도, 꽃말이 '모성애'인 이끼처럼 늘 주변 사람

박덕은 作 [어머니의 이끼]

들을 챙겨 주었다.

어느 봄날, 어머니는 귤 한 상자를 사서 큰아버지를 찾아뵈라고 했다. 대학교가 시험 기간이라서 바쁘다는 핑계를 대며 다음에 가겠다고 했다. 어머니는 크게 나무라며 지금 당장 가라고 했다.

어쩔 수 없이 귤 한 상자를 사 들고 큰아버지댁에 갔다. 그로부터 일주일 후에 큰아버지는 돌아가셨다. 고집을 피우고 큰아버지댁을 찾아가지 않았다면 나는 두고두고 후회했을 것이다.

어머니는 큰아버지가 베풀어 주셨던 사랑을 잊지 말고 기억하라고 하셨던 것은 아니었을까라는 생각이 문득 들었다.

중국 춘추전국시대의 명의 '화타'와 관련된 일화를 보면 말벌의 침에 쏘인 거미가 이끼 위로 기어가더니 구르기 시작했다. 잠시 후 거미는 다시 거미줄로 올라가 말벌을 공격했다. 이끼는 습하고 그늘진 곳에서 살아가지만, 해독 작용이 뛰어나다.

이끼의 습한 기운이 독의 화(火)를 다스리기에 산에 이끼가 죽으면 죽은 산이 된다는 것이다.

어머니에게 사랑은 이끼처럼 세상사에서 빚어지는 미움과 분노를 치료할 수 있는 천연항생제와 같았다. 그 사랑을 잃어버리면 행복해질 수 없다는 것을 자식에게 가르쳐 주고 싶었던 것이리라.

그동안 나는 시간에 쫓기듯 돈을 벌며 사진작가라는 꿈을 이루기 위해 종종걸음치며 살았다. 사랑 없이 꿈만을 위해 달리면 음지만 존재한다며 부디 사랑을 품고 나아가라고 어머니는 늘 이끼를 통해 내게 말했던 건 아니었을까 잠시 생각에 빠져들었다.

소나기가 한 차례 지나간 무등산은 더욱 생기가 돌았다. 모서리 닳은 물무늬 시간들이 얇게 깔린 나뭇가지를 박차고 날아오르는 새소리에 향기가 났다.

단물처럼 환한 시간을 머리에 인 이끼는 한낮의 햇살을 받아 터질 듯 발그레했다.

'이끼 옷'이란 수행에 힘쓰는 승려의 옷을 말하는데 햇볕도 들지 않는 깊은 산속에서 폭포수를 맞으며 옷에 이끼가 끼도록 수행하지 않으면 깨달음을 얻을 수 없다는 의미라고 한다. 그 깨달음이 사랑이지 않을까.

소나기에 흠뻑 젖은 내 옷이 '이끼 옷'이 되기를 소망해 보았다. 이끼를 조심스레 만져 보았다. 어릴 적 엄마 품에 안겨 젖가슴을 만지며 잠이 들곤 했는데 그때의 부드러운 감촉이 느껴졌다.

빗물로 미끄러워진 바위에 발을 헛디뎌 다치지 않도록 신발끈을 다시 단단히 조여 맸다. 뾰족한 돌 틈에 발을 딛고 돌부리를 잡은 다음 조심조심 몸을 움직였지만 엉덩방아를 찧기 일쑤였다. 그래서 진초록색이 한동안 바지에 배어 있었다.

어머니의 시간과 함께.

어느 날 어머니는 뒤란 처마밑에 조롱박을 말린 뒤 사포로 문지르고 있었다. 조롱박의 반질거리는 겉면이 사라지면 이끼 옆 넓적돌에 앉아서 물감으로 조롱박에 그림을 그렸다.

동네 사람들이 우리집에 놀러오면 어머니는 그림 그려진 그 조롱박을 하나씩 선물해 주었다.

어머니는 이끼 사진전을 준비하는 나에게 이끼를 통해 사랑을 담으라고 말씀하신 듯했다. 그러고 보니, 이끼는 커다란 바위까지도 포근하게 감싸고 있었다.

소나기를 피해 나뭇잎 뒤에 매달렸던 바람이 바위에 앉아 이리저리 몸을 뒤척였다. 앞만 보고 달렸던 조급한 마음이 서서히 사라졌다. 사진기를 다시 손에 들고 조롱박에 그림 그리듯 계곡을 덮어 주고 있는 홑이불 같은 이끼를 렌즈에 담기 시작했다.

이끼는 미소 지으며 어머니처럼 부드럽게 나를 바라보고 있었다.

- 우리숲 문학상 수상작

나비의 날갯짓

 지칠 대로 지친 우리는 밤이 되면 산길 한켠에 엎디어 잠을 잤다. 하루는 한밤중에 들려오는 요란한 소리에 놀라 잠을 깼다. 그 순간 놀라운 광경을 지켜봐야 했다.

 내가 잠들어 있던 그 오솔길로 여러 대의 탱크가 최대한 소음을 줄이며 올라오고 있었다. 자칫하면 길바닥에 누워 자고 있던 우리 포병 관측반은 탱크에 깔려 죽을 뻔했다. 탱크까지 산중턱에 배치되는 긴박한 상황이었다.

 드디어 전쟁이 터졌구나 하는 한숨과 비명이 우리를 옥죄었다.

 1976년 6월 24일, 난 당시 ROTC 포병장교로 임관되어, 최전방 포병부대에 배치되었다. 그곳은 위험 지역과는 어울리지 않게 나비가 무더기로 날아다녔다.

나비들은 서로를 경계하거나 충돌하는 일 없이 한데 어우러져 살아가고 있었다. 헐뜯거나 부딪힘 없이 나비들은 여름을 살포시 껴안고 춤추고 있었다.

입대하고 채 2개월도 되지 않았던 8월 18일, 북한군의 도끼 만행사건이 일어났다. 전쟁 바로 직전 상태의 명령인 '데프콘2'가 내려졌다. 살벌한 전쟁 분위기가 온몸을 엄습했다.

포병장교였던 나는 관측 임무를 수행하기 위해 최전방 산꼭대기로 올라가야 했다. 전쟁이 내일이라도 당장 터질 것 같은 험악한 분위기가 가슴을 연신 짓눌렀다.

우리 포병 관측반은 빗속에서 밥을 먹을 때도 자기 고향 쪽을 바라보며 밥을 먹었다. 혹시라도 모를 북한군의 포탄에 느닷없이 맞아 죽을까 봐 누가 말하지 않아도 각자 고향을 향한 채 밥을 먹었다.

그때부터 내 마음속의 나비는 서서히 죽어 갔다. 평화를 꿈꾸며 날았던 나비는 더이상 빛이 선명하지 않았다. 바람결에도 자유로웠던 날개가 시들어 가고 있었다. 박제된 나비가 되어 좁은 공간 속에 갇혀 있어야 했다.

전쟁이라는 두 글자가 공포로 다가와 내 삶을 짓밟고 있었다. 우리 포병 관측반의 웃음까지도 앗아갔다. 공포는 희망을 지우며 우리의 숨구멍까지 틀어쥐고 있었다.

끝나지 않을 것 같았던 잔인한 3개월이 흐르고 '데프콘2'가 해제되었다. 우리는 처음인 듯 서로 얼굴을 마주보며 밥을 먹었다. 밥상에 둘러앉아 함께 먹는다는 것이 꿈만 같았다.

내가 자주 가는 어느 시골의 90세 할머니는 해거름 때까지 증손주들이 보이지 않으면 불안해했다. 6·25 때 바깥일을 보러 나간 할아버지는 저녁 밥상이 차려진 집으로 끝내 돌아오지 못했다. 그래서인지 할머니는 땅거미가 뉘엿뉘엿 내려앉기 시작하면 두려움에 사로잡혔다.

아무 탈 없이 증손주들과 저녁 밥상을 마주할 때에야 비로소 할머니는 평온을 되찾았다. 함께하는 저녁 밥상은 할머니에게 증손주들이 살아 있다는 증거였다. 내일도 모레도 함께 살자라는 약속과도 같았다.

한국전쟁이 발발한 지 어느덧 70여 년이 다 되어 가는데도 아직까지 종전협정을 맺지 못한 지금, 할머니는 여전히 전쟁의 공포 속에서 살아가고 있다.

종전협정과 평화는 어쩌면 헛된 꿈처럼 느껴져서 언제부턴가 나는 입에 담지도 않았다. 박제된 나비처럼 평화라는 두 글자는 유리 상자 안에서만 전시되어 있었다. 죽은 듯이 가두어져 있었다. 그런데 얼마 전에 남북정상회담이 판문점에서 열렸다.

'평화, 새로운 시작'이라는 이름으로 남과 북이 만났다.

불과 2년 전만 해도 "이게 나라냐?"며 자조 섞인 말을 쏟아내며 탄식했다. 탄핵을 외치는 촛불집회로 밤을 지샌 게 엊그제 같은데. 추운 겨울을 손 안의 촛불 하나에 의지하며 불씨를 꺼뜨리지 않으려고, 서로의 서러운 어깨 겯고 노래를 불렀었다.

아무리 바라보아도 싫증나지 않는 촛불의 은은한 노란빛, 그 빛이 불현듯 어둠에 갇힌 나의 나비를 불러내기 시작했고, 촛불집회에 참여한 사람들의 가슴을 두드리기 시작했다.

봄볕 한 올도 없이 가슴에 갇힌 저마다의 나비를 깨우기 시작한 것이다. 어둠이 붙들고 있었던 무관심과 불통의 끈을 끊어내기 위해.

촛불집회에 참여한 사람들은 자유 발언대에 올라가 우리가 꿈꾸는 대한민국을 얘기했다. 마이크를 잡고 서로가 사랑하고 배려하는 평화로운 대한민국을 만들자고 외쳤다.

촛불의 노란 물결이 출렁거렸다. 가슴 안쪽 나비의 심장이 따뜻해질 때까지 발언을 멈추지 않았다. 차가운 나비의 몸에 서서히 온기가 돌았다. 가느다란 맥박이 두근두근 뛰었다. 수많은 촛불집회 참가자의 가슴속 나비가 깨어났다.

박덕은 作 [나비의 날갯짓]

그 나비들이 '2018 남북정상회담'이라는 봄의 문을 열기 위해 일제히 날아올랐다. 접혀 있었던 날개를 활짝 펴 봄을 불렀다.

마침내 2018년 4월 27일 문재인 대통령은 북한의 김정은 위원 장과 군사 분계선에서 만나 악수를 했다. 그 순간 전 세계 사람들 이 환호했다.

촛불혁명으로 당선된 문재인 대통령 뒤에는 촛불시민이 있었 고, 그 시민들의 가슴에서 깨어난 수천의 나비가 한데 어우러져 봄을 노래하고 있었다.

평화라는 봄.

그날 두 정상은 저녁 식사를 함께했다. 서로를 마주보며 같은 음식을 먹었다.

전쟁의 공포가 사라져야만 서로의 눈을 바라보며 먹을 수 있는 밥. 6·25전쟁으로 남편을 잃은 할머니가 남편과 함께 그토록 먹 고 싶었던 밥.

환영 만찬회를 지켜보며 나는 문재인 대통령과 김정은 위원장 의 건강을 기원했다. 부디 평화협정을 맺는 그날까지 건강하라고.

해거름녘에 할머니가 증손주들의 모습이 보이지 않는다며 이 리저리 찾으러 다니지 않도록. 할머니가 이젠 노을 진 풍경 속으 로 뛰어든 추억에 마음 편히 잠길 수 있도록.

김정은 위원장은 만찬을 위해 평양냉면을 준비해 왔다. 문재 인 대통령도 김 위원장이 유년시절을 보낸 스위스의 감자 요리 '

뢰스티'를 한국식으로 재해석한 감자전을 만찬 테이블에 올렸다.

어렸을 때 어머니는 외갓집에 갈 때면 외할머니가 좋아하는 음식을 장만했다. 외할머니는 그 음식을 드시며 행복해하셨다. 외할머니는 어머니가 좋아하는 음식을 입에 넣어 주며 어서 먹으라고 했다.

저녁을 먹고 외갓집을 나설 때면 외할머니와 어머니는 아쉬운 듯 잡고 있는 두 손을 좀처럼 놓지 못했다. 그렇게 어머니는 가슴에 스며든 외할머니의 사랑으로 힘겨운 삶을 버텨냈다.

남북정상회담 환송 행사가 끝나갈 무렵, 두 정상은 자리에서 일어나 손을 잡았다. 1분 남짓한 짧고도 긴 시간 손을 잡고 있었다.

그 장면을 보고 있는 내 가슴이 서서히 뜨거워졌다. 헤어지기 아쉬워하는 어머니와 외할머니의 모습이 떠올라 뭉클했다.

두 정상은 평화협정을 맺기 위해 춥고 가난한 길을 걸어가야 한다. 하지만 꼭 잡고 있었던 손 안의 온기처럼 모든 어려움을 기필코 이겨낼 것이다. 우리 촛불시민의 가슴에서 깨어난 나비가 평화를 향해 날갯짓을 계속할 테니까.

지난해에는 촛불시민이 독일의 프리드리히 에버트 재단이 주는 '2017 에버트 인권상' 수상자로 선정되어 몹시 기뻤다. 그런데 올해에도 '2018년 유엔 인권상' 후보로 추천됐다니 행복하다.

불과 2년 전만 해도 대한민국의 국민이라는 사실이 창피했는데, 이제는 아니다, 무척이나 자랑스럽다.

동유럽의 기적이라고 불리는 세계적인 석학 '슬라보예 지젝'은 민주주의의 한계를 역설하며 민주주의는 허상일 뿐이라고 말했다. 하지만 우리는 촛불집회를 통해 민주주의를 다시 일으켜 세웠다. 피 한 방울 흘리지 않고 촛불혁명을 성공시킨 것이다.

비난만 일삼거나 공격하지 않고 남과 북의 손을 마주잡게 했다. 지금도 평화협정을 향해 한 걸음 한 걸음 나비의 날갯짓을 계속하고 있다. 그 결과 인도의 고등학교 교과서에 '2016년 한국의 촛불집회'가 수록되는 영예를 얻었다.

'나비 효과'라는 말이 있다. 어떤 일이 시작될 때 있었던 아주 작은 변화가 결과에서는 매우 큰 차이를 만들어 낼 수 있다는 이론이다.

2016년에 시작된 나비의 작은 날갯짓이 이제는 전 세계인의 가슴을 깨우고 있다. 나라를 지키는 일은 군복을 입고 군화를 신어야만이 할 수 있는 것은 아니다. 특정 정치인만이 나라 걱정을 하는 것은 더더욱 아니다.

대한민국의 주인은 너와 나, 그리고 우리이다. 가까운 이웃이 내 조국이며 저녁밥을 함께 먹으며 평화를 얘기하는 우리가 자랑스러운 나의 조국이다.

대한민국의 미래인 통일과 평화라는 봄은 관심과 소통이라는 나비의 날갯짓에서 시작하고 또 완성된다.

- 한민족문예제전 최우수상 수상작

나무의 시간처럼

어느 날 갑자기 눈에 익은 장면이 외로워 보일 때가 있다. 짧은 소란함으로 다가와 쓸쓸하게 스며들 때가 있다.

길을 오가며 무심코 지나쳤던 낡은 의자에 눈길이 가 문득 허전해지는 것처럼.

살아간다는 것은 홀로 저무는 해질녘처럼 외로움을 견디는 일. 낯익은 이름들을 흐리게 지우는 저녁 속으로 걸어가야 한다.

어느 가을날이었다.

마을버스에서 내려 다리를 건넜다. 지리산의 오후는 떨이를 외치며 파장하는 시골장처럼 쓸쓸함이 깔리기 시작했다.

마을 어귀 당산나무 아래 의자에는 동네 할머니가 붙박이처럼 늘 앉아 있었다. 며느리가 챙겨준 아침밥을 먹은 후 날마다 마을이 내려다보이는 의자에 앉아 있었다.

한 그루 나무처럼. 나는 할머니에게 가까이 다가가 비닐봉지에서 요구르트를 꺼냈다. 인기척에 돌아볼 법도 한데 할머니는 한참 동안 뭔가를 바라보고 있었다.

기억에서 사라지기 전에 붙들고 싶은 것들을 눈에 담아야겠다는 듯 쳐다보고 있었다. 먼 훗날 할머니는 이곳으로 오고 싶어도 올 수 없는 날들이 있을 것이다. 그렇게 하나둘 세월이 할머니의 몸을 빠져나갈 때, 지금의 순간을 그때 가서 풀어놓고 싶다는 듯 할머니는 어딘가를 응시하고 있었다.

허공을 쥐고 있는 할머니의 주름진 손 위로 노을이 내려앉았다. 할머니는 침묵에게만 곁을 내주고 있을 뿐 내가 그 틈을 비집고 들어갈 자리는 없었다.

다만 그 틈새로 어머니의 의자가 보였다.

어머니는 바쁜 농사일을 마치면 마당가에 놓인 의자에 앉아 쉬었다. 나는 마당에서 뛰어다니며 놀다가 어머니 품에 안기곤 했다. 어머니는 자식들의 노는 모습을 바라보며 행복해 했다. 그러면서도 어머니는 늘 혼자만의 시간을 가졌다.

장독대 옆 평평한 돌에 앉아 그림을 그렸다. 먼저 사포로 문질러 조롱박의 반질반질한 표면을 벗겨냈다. 조롱박을 처마밑에서 잘 말린 후, 그 조롱박에 그림을 그렸다.

그러던 어느 날 갑자기 어머니는 시름시름 앓기 시작했다. 병상에서 꽤 오랫동안 누워 있었다. 어머니는 마당에서 자식들과 함께했던 그 시절을 떠올리며 추억에 잠기곤 했다. 벽에는 어머니가 바라볼 수 있게 그림이 그려진 조롱박이 걸려 있었다. 어머니는 그렇게 외로움을 견디고 있었다.

할머니의 등 뒤로 노을빛에 걸려 넘어진 나뭇잎이 떨어졌다.

나이 든다는 것은 외로움과 직접 마주 대하는 일이다. 나무처럼 어둠이 오는 길목에서 묵묵히 외로움을 만나야 한다. 어린 자식들을 키우느라 여기저기 돌아다녔던 시간들을 내려놓아야 한다. 이제 순응하며 성찰하는 나무의 시간을 익혀야 한다.

할머니는 나무의 시간처럼 붙박여 움직임이 없다. 오늘도 할머니는 예전처럼 걸어오는 내 모습을 마중 나오듯 지켜보고 있었을 것이다. 마을로 들어선 후 골목으로 사라질 때까지 할머니의 눈길은 늘 내 발걸음과 함께했다. 일이 풀리지 않아 터벅터벅 걸을 때면 할머니는 괜찮다며 지긋이 바라보는 듯했다.

나는 일부러 헛기침을 해 오후의 적막을 깨뜨렸다. 할머니에게 요구르트를 드렸다. 말없이 웃으시며 내 손등을 토닥였다. 검버섯 번지듯 바람이 불었다. 외로움을 마주 대할 준비가 되어 있느냐고 묻고 있는 듯 바람 끝이 차가웠다.

앞만 보고 달리는 세상은 외로움 쪽으로 시선을 두지 못하게 한다. 부자가 되라고, 명성을 얻으라고, 목표를 이루기 위해 도전하라며 꼬드긴다. 밤시간을 투자해 노력하라며 끝없이 유혹한다.

수령이 몇백 년 된 나무는 외로움을 견뎌냈기에 긴 세월을 살아냈던 것이다.

나무의 나이테에서 바깥쪽은 물관 세포가 살아 있지만 안쪽은 죽어 있다고 한다. 안쪽의 나이테를 심재心材라고 하는데 心은 외로움일 것이다.

박덕은 作 [나무의 시간처럼]

　나무는 외로움을 끌어안아야만이 살아갈 수 있다. 그래서 나무
는 외로움과 즐거움이 철저하게 공존한다.

　나무는 즐거움이라는 빛과 외로움이라는 어둠 속에서 균형을
이룬다. 나무는 빛의 기운을 먹고 바깥으로 줄기를 뻗어 나간다.
잎과 열매를 맺기 위한 정성이 지극하다. 그 지극한 정성으로 어둠
속에서는 자신의 뿌리를 안으로 향한 채 귀를 기울인다.

　나무는 밤시간으로부터 결코 도망가지 않는다. 오히려 그 시간

을 통해서 에너지를 축적한다.

외로움의 깊이만큼 나무는 둥글어지고 땅속 깊이 뿌리를 내린다. 외로움에 몸부림치다가 나무는 제 안의 고통을 흔적으로 남긴다. 나이테라는 둥근 무늬의 흔적을.

나이테에는 일종의 어떤 힘, 내성이 있다. 나무가 눈보라를 이겨내는 것도 버티며 만들어 냈던 내성 때문에 가능하다.

우리는 누구나 나이테의 둥근 무늬처럼 자신의 무늬대로 살고 싶어한다. 자신의 무늬대로 결을 만들기 위해서는 혼자만의 시간을 가질 줄 알아야 한다.

가슴에 맺히는 옹이 같은 상처를 만나더라도 홀로 깊어져야 한다. 나무도 옹이를 만나면서 아파하다가 더 단단해지고 강해진다.

어머니도 옹이 같은 아픔을 견디기 위해 조롱박에 그림을 그렸던 건 아닐까.

할머니는 다시 한곳을 바라보고 있었다. 아니 아무것도 보고 있지 않는 듯했다. 할머니의 시간은 나이테처럼 결이 곱고 둥글었다.

내 손등에 남아 있는 할머니의 온기가 차가운 오후의 시간을 덧칠하고 있었다. 할머니의 뒷모습은 옹이 박힌 나무처럼 적막하면서도 평화로워 보였다. 오늘밤도 어둠은 나를 찾아올 것이다. 깊어질 기회를 주고 싶다는 듯 다가올 것이다.

- 효석 백일장 수상작

한반도의 맏이 독도

독도의 날인 10월 25일, 동도와 서도의 새들은 촛대바위에 촛불 켜듯 모여들어 생일 축하 노래를 부르며 날고 있다. 고음을 자유로이 넘나드는 괭이갈매기와 저음의 파도 소리가 어우러져 멋스럽다.

한반도의 맏이로 태어난 독도를 위해 백의민족의 가슴이 부르는 노래다. 망망대해에서 뜨거운 심장 하나로 살점을 파고드는 거친 파도 헤쳐 나간 그 강인함이 고맙다.

동쪽 끝에 있어 다들 막내라고 부르지만, 사실은 한반도의 맏이다. 백두와 한라가 공경하며 받든 하늘, 그 하늘이 점지해 사백만 년 전 한반도의 자궁인 동해에서 태어난 섬이 독도다.

그날은 아이가 태어난 집 대문에 금줄을 치듯 새벽 여명이 붉게 드리워졌다. 연배로 따지면, 독도가 제주도와 울릉도보다 더 나이가 많다.

눈에 보이는 독도의 키는 해발 200m가 채 넘지 않지만, 물밑으로는 해발 2,000m가 넘는 키다리 아저씨다.

큰 키 못지않게 마음도 온화하다. 이른 새벽 동도는 가파른 기슭의 어둠을 털고 제일 먼저 일어난다. 밤새 섬의 방안으로 비바람이 들이쳐 춥지는 않았는지, 괭이갈매기들이 분주히 날갯짓한다.

그 따스한 안부에 서도도 깨어난다. 파도 소리 같은 이부자리 걷고 일어나는 바다직박구리의 기지개가 경쾌하다. 활기차게 날아오르는 그 리듬에 맞춰 다가온 아침 햇살은 지난밤의 외로움을 녹여 준다.

바위 틈에서 힘겹게 일어서는 땅채송화의 손 잡아주며 희망을 놓지 말라고 격려해 준다. 대가족 식구들을 일일이 챙기는 독도의 마음이 자상하다.

독도는 집안의 맏이처럼 품이 넉넉하다. 독도 근해에는 우리나라가 30년간 쓸 수 있는 고체형 가스 메탄하이드레이트가 묻혀 있다. 그리고 독도 주변 해역은 휘모리장단처럼 소용돌이치는 급물살 덕분에 해산물이 풍부해, 다가오는 손길들에게 풍성함을 안겨 준다.

평화롭던 어느 날, 소름처럼 붉은 비린내 돋은 바람과 함께 일본인들이 독도로 들이닥쳤다. 강치들은 까무룩한 허공으로 눈물 쏟으며 목숨을 잃었고, 몸부림치는 새끼강치들은 잡혀갔다.

1905년 일본은 불법으로 독도를 일본 영토에 편입시켰다. 독도에서 강치를 마구잡이로 포획한 뒤, 강치 가죽으로는 가방을 만들고 새끼강치들은 서커스용으로 팔아넘겼다.

집안의 맏이가 쓰러지면 그 집안은 풍비박산이 나듯, 독도가 강탈당한 뒤 국권까지 빼앗겼다. 우리 선조들은 빼앗긴 독도를 되찾기 위해 1919년 3월 1일 태극기를 높이 들고 '대한 독립 만세'를 외쳤다.

강치가 바위 위에서 몸을 말리며 햇살의 발끝 간질이는 파도 소리를 듣게 하기 위해. 저녁노을의 말씀을 한 자 한 자 빛깔로 받아 적는 섬기린초, 해국, 범행초의 아름다움을 다시 보기 위해.

하지만 일본은 무력으로 진압했다. 많은 독립투사들이 잡혀가 고문을 당하며 죽어 갔다.

1929년 인도의 시인 타고르는 "동방의 등불"이라는 시를 통해 우리나라를 예찬했다.

일찍이 아시아의 황금시대에
등불의 하나인 코리아!
그 등불 다시 한 번 켜지는 날에
너는 동방의 밝은 빛이 되리라

- 타고르의 시 "동방의 등불" 중에서

타고르는 폭력을 휘두르는 일제 앞에서 당당히 태극기만 들고 만세를 외쳤던 우리 선조들의 모습에서 감동과 전율을 느꼈을 것이다.

박덕은 作 [한반도의 맏이 독도]

폭력에 맞서 평화로 등불을 켜 아시아의 빛이 된 우리의 선조들. 그때를 떠올리면 가슴이 벅차고 울컥해진다.

타고르 시인이 말한 '그 등불 다시 한 번 켜지는 날'은 독도를 일본의 탐욕으로부터 온전히 지키는 날이 될 것이다.

한반도의 맏이인 독도가 한반도의 중심에 우뚝 서는 날, 그날은 바다가 백의민족의 숨결을 타고 출렁이며 환희에 젖게 될 것이다.

일본 속담에 '돈은 지옥에서도 통한다'라는 말이 있다. 이 얼마나 무섭고도 끔찍한 말인가. 돈이 되는 일이라면 수단과 방법을 가리지 않겠다는 속셈이다.

일본은 수산 자원과 미래에 쓰일 광물 자원이 풍부한 독도를 빼앗기 위해 지금 혈안이 되어 있다. 일본은 예로부터 탐욕이 많아

노략질을 일삼고 남의 것을 빼앗는 못된 근성이 있다. 그 근성 때문에 자기 것도 빼앗길까 봐 두려워, 손님뿐만 아니라 친구도 자신의 집안에 들이지 않고 밖에서 만나는 풍습이 있다.

하지만 우리나라는 지나는 길손이라 할지라도 사랑채에 들여 하룻밤을 묵게 하는 풍습이 있다. 또 어느 집에서나 집안의 맏이는 식구들이 평화롭게 살아갈 수 있도록 자신을 희생하며 든든한 버팀목이 되어 준다. 그런 마음가짐은 우리 민족성에서 기인한다.

우리나라 건국 신화에는 '널리 인간을 이롭게 한다'라는 홍익인간(弘益人間) 사상이 담겨 있다. 우리 민족은 다같이 함께 잘사는 세상을 꿈꾸기에, 맏이가 기둥 역할을 자처하며 기꺼이 자신을 희생한다.

한반도의 맏이, 독도는 한반도의 식구들이 잘살 수 있도록 예나 지금이나 든든한 울타리가 되어 주고 있다. 그 어떤 위협이 닥쳐와도 끄떡없다며 백두대간의 푸른 용기를 이어받은 장군바위가 떡 버티고 있다.

"둥! 둥! 둥!"

승전고(勝戰鼓)를 알리는 북소리인 듯 파도 소리 힘차다. 또 언제든지 출항할 수 있다는 듯 명령만 기다리는 군함바위도 위풍당당하게 자리를 지키고 있다.

더구나 납치되어 일본에 끌려갔어도 위축되지 않았던 안용복, 그는 끝내 일본 정부를 상대로 '독도는 조선의 땅이다'라는 공식적인 서찰을 받아냈다. 독도는 어민들의 생업을 지켜냈던 안용복의 혼이 깃들어 있어 더욱 믿음직스럽다.

눈물겨운 저항으로 일제의 침략을 물리친 아리랑 가락이 스며 있기에, 독도는 오늘도 비장한 각오를 다진다. 의연하게 저 먼 동쪽 끝에서 홀로 시류에 편승한 소음들을 막아내며 고군분투하고 있다. 독도는 일본에게 한반도를 더이상 괴롭히지 말라고 일갈하며 당당하게 우뚝 서 있다.

"네 이놈, 일본은 듣거라. 노략질하고 쌈박질하는 그 못된 성깔을 이제 그만 버리거라. 그렇지 않으면 네 놈이 휘두르는 그 칼에 네 놈이 당해 망할 것이다."

- 독도 문예대전 수상작

나의 어머니

나의 어머니 고향은 함평이다. 아버지는 일제시대 때 중학교를
목포로 다녔다. 그래서 어머니 집에 하숙을 했다.

외갓집은 전통 있는 선비 집안이었다. 집안의 규율이 엄격했
기 때문에, 어머니는 규수로서의 모든 훈련을 다 받았다. 특히 바
느질과 재봉질과 한복 짓기는 거의 달인 수준에 이르러 있었다.

매우 성실하고 성적이 우수했던 아버지는 일찌감치 장인어른
의 눈에 들게 되었고, 이는 결혼에 이르게 해주었다.

아버지는 꿈에도 그리던 양반집 딸을 아내로 얻게 되어 무척이
나 행복해 했다. 아버지는 선비 집안의 아리따운 처녀를 화순 골
짜기로 데리고 와 신혼살림을 차렸다. 하지만 아버지는 국민학
교 교사로 발령받아 남해안 섬의 국민학교로 가야 했다. 자연스
레 어머니는 화순 집에 남아, 밭 3마지기, 논 12마지기 농사를 맡

게 되었다.

아버지는 일요일 오후에 남해안 학교로 갔다가 토요일 오후에나 돌아왔기 때문에, 어머니와 아버지는 주말 부부로 살아가야 했다.

아버지가 없는 집안 살림은 몽땅 어머니 차지가 되었다. 처녀 때까지 주로 바느질과 재봉틀과만 친했던 어머니는 농사일이 서툴러 처음에는 힘들어했으나, 점차 익숙하게 되자 머슴 못지 않은 몸놀림 손놀림으로 궂은일들을 헤쳐 나가기 시작했다.

수건을 머리에 질끈 동여매고 묵묵히 밭일 논일을 해내는 그 모습이 어린 시절의 내 눈에 매우 신비로워 보였다.

어머니는 일할 때 거의 말을 하지 않았다. 뭔가 생각할 게 있다는 표정으로 오로지 일만 했다.

하지만, 하루 일이 끝나고 집에 돌아오면 저녁밥을 짓는 동안 연신 노래를 불렀다. 상차림이 끝날 때까지 그 노랫소리는 은은히 밥내음과 함께 어우러져 집안의 분위기를 훈훈하게 해주었다.

엄마의 진가는 반찬 솜씨로 더욱 빛났다. 어쩌면 그리도 짧은 시간에 여러 가지 반찬을 준비하는지 그저 신기할 따름이었다.

된장찌개의 그 감칠맛은 단연 일품이었다. 김치찌개 솜씨, 부추전, 파전, 두부조림, 특히 미역국은 그 맛이 기가 막혔다.

하루 일과가 거의 끝났을 무렵, 어머니는 재봉틀 앞에 앉아 새 세상을 개척해 나갔다. 어머니의 재봉틀 솜씨와 바느질 솜씨는 동네 아낙네들이 모두 인정할 정도의 달인 수준이었다.

어머니는 동네 아낙네들이 모아다 준 헝겊들로 감탄을 자아낼 만한 창조품들을 선보였다. 어머니가 드르륵 드르륵 몇 번 하면,

상보, 앞치마, 조끼, 웃도리, 치마 등등이 척척 완성되어 나왔다.

그것은 우리집 마루에 종류별로 줄줄이 늘어 놓이게 되고, 그것들을 동네 아낙네들이 공짜로 가져갔다. 어머니의 재봉틀 작품들은 우리 동네 집집마다 선물로 주워져 행복한 미소의 원천이 되어 주었다.

또 하나, 특이한 것은 우리집 농사였다. 우리집 농사는 논에 벼를 심고 거두어 집안 창고에 쌓아둔다. 또 밭 농사에서 거둔 참외, 수박, 감자, 고구마, 옥수수 등도 일단 마당으로 들어와 쌓인다.

그런데, 어머니는 그걸 단 하나도 팔지 않았다. 그것들은 모두 마을 사람들의 간식거리가 되었다. 참외, 수박, 옥수수, 감자는 각기 그 계절의 동네 간식거리였고, 고구마는 큰방 작은방 사랑채의 벽 따라 빙 둘러 저장했다가, 겨울 내내 동치미와 함께 동네사람들의 대화 속에 끼어드는 간식거리가 되어 주었다.

그 덕분에 우리집은 동네사람들의 발길이 끊이지 않았다. 사랑채엔 마을 남정네들이, 안방엔 아낙네들이 각각 차지하고 앉아 밤새도록 웃음보따리를 풀곤 했다.

지금 생각해 보면, 아버지의 교사 봉급으로도 충분히 생활할 수 있어서, 농산물은 모두 동네 사람들에게 골고루 분배하려 하지 않았나 여겨진다. 그렇게 하고도, 충분히 저축하며 살 수 있다는 인생 철학을 어머니는 가슴에 안고 살아간 듯하다.

지금도 또렷한 기억 중 하나는 어머니의 젖이 너무나 풍부하여, 내 동생들을 먹이고도 남아, 동네 갓난아이들에게도 골고루 나눠 주었다는 것이다. 퉁퉁 불은 어머니의 젖가슴은 젖이 부족한 동네 아낙네들의 부탁으로 어느새 동네 공유물이 되었다.

모유가 부족해 우는 갓난애들은 다들 우리집으로 데리고 왔다. 그러고 보니, 우리집은 모유 나눔터가 되어, 동네 미래 청년들의 건강원이 되었다.

어느 날, 학교에서 돌아왔는데, 어머니의 모습이 보이지 않았다. 여기저기 찾아보았으나, 어머니의 흔적이 없었다. 작은방에도 사랑채에도 헛간이나 곳간에도 없었다.

밭에서 아직 일하고 있나 보다 하고, 뒤안으로 가서 꽃밭에 물을 주려고 했다. 그 당시 내가 꽃밭에 물주는 당번을 맡고 있었다. 뜻밖에도 어머니는 거기 있었다. 뒤안 마루에 앉아 뭔가를 하고 있었다. 내가 다가가도 어머니는 미소만 지을 뿐 하던 일에만 열중했다. 조롱박이었다. 8자 모양의 조롱박, 그 볼록한 부분을 빼빼로 문지르고 있었다. 빤질빤질한 조롱박의 겉 부분이 밀려나면, 거기엔 하얗고 보드라운 면이 드러났다.

어느 정도 작업이 끝난 뒤에, 어머니는 그 동그라미 면에 그림을 그리기 시작했다. 달밤도 그리고, 그네도 그리고, 나팔꽃도 그리고, 채송화도 그렸고, 벌나비도 그렸다. 그 모습이 참으로 이쁘고 멋스러워 보였다.

그로부터 40여 년이 지난 어느 날 서울에서 무역업을 하고 있는 남동생 사무실에 들른 적이 있었다. 그런데 놀랍게도 거기서 신기한 정경을 목격하게 되었다. 남동생이 조롱박 한가운데에 그림을 그리고 있었다. 깜짝 놀란 내가 물었다.

"너 혹시 엄마가 조롱박에 그림 그리는 걸 본 적 있니?"

박덕은 作 [나의 어머니]

"아니!"

"엄마가 조롱박에 그림 그리는 걸 본 적 없다구?"

"무슨 소리야? 뜬금없이?"

"그럼, 무슨 이유로 이렇게?"

"아, 이거? 어느 단골손님이 내게 조롱박을 선물해 줬는데, 오늘 한가한 김에 여기에 그림 그려 보고 싶었어. 그런데, 왜?"

나는 더이상 말을 잇지 못했다. 어머니가 조롱박에 그림 그리던 그 모습이 너무나 선명하게 떠올라, 눈물이 왈칵 쏟아졌다.

어머니의 노후는 당뇨병과 그 합병증 때문에, 병석에 누워 지내야만 했다. 그래도 어머니는 늘 당당했다. 아버지에게 심부름을 시키는 어머니의 목소리는 늘 카랑카랑했다.

"내 몸 좀 일으켜 봐."

"살살 일으켜, 내 몸이 짐짝이야?"

"콩나물은 정성껏 다듬어야 해."

"아니, 콩나물 끓일 땐 김이 폭폭 날 때까지 뚜껑을 열지 마. 그래야 비린내가 안 나."

"참기름은 조금만 쳐. 너무 많이 치면 느끼하니까."

"미역을 먼저 볶아야 해. 그래야 제맛이 나."

지금도 어머니의 목소리가 선명히 귀에 남아 있다. 뭘 해도 선녀처럼 당당했던 어머니. 그립다. 오늘같이 비가 오는 날이면, 더 그립다.

- E마트 문학상 수상작

상처에서 흘러나온 말들

노년으로 들어선 나는 여전히 자존심 때문에 인간관계 속에서 갈등을 빚고 있다.

얼마 전에도 지인에게 '오늘 이후로 각자의 길을 가자'며 화를 냈다. 나이가 들었는데도 성숙한 대화를 하지 못한 내 자신이 한심해 우울했다.

그러던 어느 날 "말 그릇"이라는 책을 후배한테서 선물 받았다.

'말 때문에 외로워지는 사람들'이라는 글귀에 한참 동안 눈길이 머물렀다. 말이 주는 상처가 가장 아프다는 저자의 말이 어떤 위로처럼 다가왔다. 엇나갔던 지난날을 들여다보고 싶었다.

어디서부터 감정의 매듭이 꼬여 뒤틀린 말들이 시작됐는지 짚어보려고, 조심스럽게 나에게로 들어서는 여행을 "말 그릇"과 함께 시작했다.

이 책은 총 5파트로 구성되어 있다. 앞의 2파트에는 '말 그릇'인 자신의 내면을 들여다보며 성찰하는 글, 뒤의 2파트에는 '말 그릇'을 키우는 듣기와 말하기에 관한 글, 나머지 1파트에는 자신의 말을 비울수록 사람을 더 채울 수 있다는 글이 각각 담겨 있다.

저자는 자신의 말은 자신을 닮았기에 그 말을 하는 이유가 있다는 것이다. 말 속에 과거의 상처가 묻어 있다는 뜻이다.

나는 관계 속에서 상대가 무시한 듯한 태도를 세 번 이상 보이면 화를 내며 단절해 버린다.

내가 처음 무시당했던 것은 출생의 그 순간이었다.

박덕은 作 [상처에서 흘러나온 말들]

"생긴 게 꼭 흑인 같았어. 그래서 탯줄도 자르지 않고 발로 슬 그머니 밀었지."

이렇게 어머니는 귀에 못이 박히도록 말했다. 일이 잘 풀리지 않으면 어머니는 곧잘 화를 냈다.

"형 잡아먹고 태어난 놈, 저리 가."

내 바로 위의 형은 세 살 무렵에 폐렴으로 갑자기 죽었다. 그 형 은 달덩이처럼 이뻐서, 모두들 동자승이라 불렀다.

이런저런 이유로 어머니의 가시 돋친 말을 들으면서 자란 나는 스스로를 지키기 위해 강한 척해야 했다.

그렇게 어머니의 미움을 받던 열 살 무렵, 봄소풍을 다녀온 날 밤부터 고열에 시달렸다. 옻이 올라 몸이 부으면서 살갗이 헐고 진물이 흘렀다.

여러 약방에서 고칠 수 없다는 말에 내 처소는 안방에서 마루 로, 마루에서 헛간으로 옮겨졌다. 가족의 바깥으로 밀려나 버려 진 것이다. 다행히 앓아누운 지 한 달가량 됐을 무렵 부기가 빠지 기 시작했다.

다시 살아난 나는 마음속으로 어머니와 단절했다. 그때부터 지 금까지 악화된 관계 속에서 더이상 상처받지 않기 위해 나는 화라 는 감정과 단절이라는 말을 선택했다.

하지만 저자는 자신이 쓰는 말들이 스스로 선택한 말이라기보 다는 학습된 것일 수 있다고 주장한다. 과거에 경험한 말들과 현재 의 말이 어떻게 닮아 있는지 살펴봐야 한다는 것이다.

아프고 불편해도 괜찮은 척 묻어 두었던 그때의 일을 들여다보고 스스로를 이해시키는 과정이 필요하다고 한다.

나는 잠시 머뭇거렸다. 지금까지 그럭저럭 잘 살아왔는데 새삼스레 상처 깊었던 과거 그 시점으로 되돌아가고 싶지 않았다. 나의 이런 마음을 눈치챈 듯 저자의 글은 이렇게 이어졌다.

"말이 퇴행된 지점을 살펴보면 대부분 크거나 작은 마음의 균열이 남아 있다. 균열을 매만져 주지 않으면 불필요한 곳에 힘이 실린다."

맞는 말이다. 나는 어린 시절 그때 마음의 균열이 크게 생긴 탓에 수시로 감정이 폭발하곤 했다.

어머니는 세 살 때 죽은 내 바로 위의 형을 끔찍이도 사랑했다. 자식 잃은 슬픔을 감당하지 못해 어머니는 나에게 자주 화를 내곤 했다. 언짢은 일이 생길 때마다 화부터 냈다. 그렇게 어머니의 상처에서 흘러나온 말들을 어느결에 나도 모르게 학습했다.

무엇인가 잘못되어 부정적인 감정이 스며들 때마다 나도 버럭 화부터 냈다. 저자는 감정에 서툰 사람들이 분노라는 감정에 익숙해진다고 한다. 그러기에 더더욱 상황에서 빚어진 진짜 감정을 찾아야 한다고 말한다. 진짜 감정을 찾는다면 간절히 바라는 욕구를 알아차릴 수 있다는 것이다.

어린 시절 그때는 내가 너무 어려서 슬픔이라는 진짜 감정과 어머니에게 사랑받고 싶다는 욕구를 알아차리지 못했다. 하지만 앞으로는 부정적인 감정이 휘몰아칠 때 화라는 감정을 쉽게 집어들지는 않을 것이다. 물론 생각만큼 쉽지는 않겠지만.

'감정의 알아차림'이라고 쓴 작은 스티커를 지갑에 붙여 놓았다. 노력을 게을리하지 않기 위해서다. '알아차림'을 통해서 부정적인 감정이 사라지면 뒤틀린 말을 비울 수 있고, 비운 만큼 넓어진 공간에 경청이라는 귀를 열 수 있을 것이다.

언젠가는 내 '말 그릇'을 키워 사람을 담을 수 있으리라.

내일은 얼마 전에 말다툼이 있었던 지인의 생일이다. 약간 머쓱하긴 하지만 용기 내어 생일 축하 겸 식사라도 하자고 문자를 보내야겠다. 더이상 상처받지 않기 위해 단절하자고 말했지만, 내 안에 간절히 바라는 욕구가 있다는 것을 이제는 안다. 서로 아껴주고 배려하며 늘 함께하고 싶다는 것을.

그러고 보니 지인은 자식들의 일이 잘 풀리지 않아 속상하다고 했다. 그의 말도 그의 상처에서 흘러나왔으리라.

- 포천 문학상 수상작

분노 관리 이야기

　나의 아버지는 키가 키고 새가슴이고 손바닥이 크다. 게다가 힘이 장사다. 교사이면서 농사를 지었다. 조상으로부터 목수 피를 이어받아서인지, 쉴 새 없이 가구를 만들었다.

　집안에 있는 의자, 토끼집, 닭집, 선반, 마루, 책장, 책상, 탁자 등등 모두 아버지의 손길로 탄생했다. 겉으로 보면 최고의 남편이자 살림꾼이요 부지런한 아버지였다.

　그러나, 흠이 하나 있었다. 불 같은 성격, 그게 간혹 집안을 공포 분위기로 휘몰아갔다. 아버지의 분노에 불타버린 집안의 식구들은 저마다의 모퉁이에서 웅크리며 숨어 있었다. 아무 탈 없이 지나가기만을 바라며 모퉁이에서 모퉁이로 숨어다녔다.

　아버지는 화가 나면, 그 분노를 참지 못해 곧잘 매를 들었고, 7남매 중 딱 가운데 있는 내가 주로 그 매를 맞아야 했다. 왜냐하

박덕은 作 [분노 관리 이야기]

면, 나는 다른 형제들에 비해 말대꾸를 자주 했기 때문이다. 아버지의 잘못을 지적하는 내 말대꾸. 이게 내가 매를 버는 이유였다.

　한 번은 형수와 형이 조카를 데리고 왔다. 그런데 조카가 철부지 3살짜리라서 마구 울어댔다. 참다못한 아버지는 3번의 경고를 주었고, 그래도 아이가 울자, 그 큰 손바닥으로 철썩 아이의 뺨을 때리고 말았다.

형수가 잽싸게 달려들어 아이를 감싸 안았다. 숨죽인 듯한 고요가 잠시 집안 가득 흘렀다. 아니 분노에 휩싸인 울음소리만이 바닥을 훑고 있었다. 폭발할 듯 벽을 타며 오르고 있었다.

그때였다. 나는 고개를 들어 대뜸 이의 제기를 했다.

"아버지, 우는 손자를 그렇게 때려 버리면 어떡합니까? 형수가 지금은 저렇게 웅크리고 있지만, 자기 집으로 돌아가서, 아버지를 어떻게 여길까요?"

그날 나는 아버지에게 그런 식으로 대들었다고, 또 매를 맞았다. 그 이후로도 나는 수없이 아버지의 부당한 행위에 대해 대들다가, 두들겨 맞았다. 그러면서도 나는 최소한 아버지처럼은 살지 않겠다고 다짐하고 또 다짐했다.

내가 공무원이 되어 하루는 시장으로 양파를 사러 갔을 때였다.

시장으로 가는 길은 동네 골목이어서 겨우 트럭 한 대 지나갈 만했고, 시장 앞은 제법 큰 도로가 가로놓여 있었다.

나는 동네 골목으로 해서 시장 골목으로 가려고 차를 멈추고 있었다. 그런데 대형 트럭 한 대가 바짝 뒤에서 연이어 빵빵댔다. 빨리 큰 도로를 건너 시장 골목으로 들어서라고 재촉했다.

쉴 새 없이 클락션을 빵빵 대는 바람에 나는 화가 잔뜩 치밀었다. 내 차가 시장 골목으로 들어섰는데도, 트럭은 여전히 빵빵거렸다. 나는 분노를 터뜨리며 트럭 앞에 급정거를 해 버렸다.

트럭이 놀라 끼이익 급정거를 했다. 나는 차에서 내리자마자 2미터 높이에 앉아 있는 대형트럭 운전수를 향해 욕을 한 바가지

퍼부었다.

"이 ○○놈아, 나더러 큰 도로 건너다 죽으란 말이냐? 이 0같은 놈아."

소리소리 질러대니, 시장통 사람들이 일제히 돌아봤다. 좀처럼 분이 풀리지 않은 나는 대략 10여 분간 그곳에서 소란을 피웠다. 마치 세상이 당장 끝장나기라도 할 듯 고래고래 소리를 질렀으니, 참으로 가관이었다.

나는 그날 내 핏속에 아버지의 버럭증이 흐르고 있음을 절감했다. 분노가 치밀어 올랐을 때, 그걸 조절할 능력이 전혀 없는 듯 보였다.

그 뒤로는 나는 나 자신에 꽤나 실망하여 생기를 잃었다. 내가 제일 싫어하던 아버지의 버럭증이 내게 그대로 전수되어 있음을 알고는 마음이 몹시 울적했다.

이후 나는 시를 쓰기 시작했다. 시 속에 나의 감성과 분노와 홧병을 하나하나 풀어 녹여냈다. 하고픈 말, 쌓여둔 응어리, 말 못할 내면 등을 시 속에 담아 한 올 한 올 끄집어냈다.

그러는 동안, 차츰 나의 내면이 정화되어 갔다. 분노의 물줄기도, 홧김에 저질렀던 막말도, 조급한 울렁증도 점차 해소되어 갔다.

차가운 뚜껑으로 가려진 단칸방에
마감일 멱살 잡혀 야근한 작업복과
반항기 물든 청바지 어색하게 앉는다

물줄기 내리치자 서로의 몸 맞닿아
난생 처음 함께 있는 아들과 그 아버지
어긋나 비껴간 길이 뒤엉키며 꼬인다

얼룩진 갈등 사이 한 스푼 세제 넣어
오해를 풀어 가는 꽃거품 피어나니
수없이 솔기가 터져 잠 못 든 밤 씻긴다

멍들고 부어오른 생의 밑단 헹궈내면
웃음소리 쏟아지는 오후가 콸콸하다
오지게 햇살에 묻혀 화사해진 마음들.

- 박덕은 [누구의 발자취입니까] 전문

이 시에서, 아버지와 아들은 결국에는 서로 화해하고 있다.

이렇듯, 나는 요즘 웬만해서는 화내지 않는다. 시를 쓰면서 일
차 감정을 걸러낸다. 그리고, 화내기 전에 10년 뒤에는 지금의 일
이 아무것도 아닐 거라는 생각을 한다.

몇 년이 지나면 대수롭지 않을 일에 열을 낼 필요가 있겠는가.
스스로 위로를 하며 산들바람같이 마음 컨트롤을 한다.

이런 마음가짐으로 다시 아버지와 재회한다면, 부자지간이 매
우 부드럽고 행복할 것 같다.

서로 불같은 성격에 각을 세우느라, 나는 아버지께 충분히 효
도를 못했다. 다시 옛날로 돌아가면, 분노 조절을 잘하는 아들이

되어, 보다 여백과 여운을 가지고 아버지 앞에 설 수 있었을 텐데……. 아쉽다. 이렇게 나이 먹어서야 겨우 깨닫게 되다니…….

이제라도 나는 대인 관계에서 한 발 뒤로 물러나서, 관망하고 관조하는 자세를 취하고 싶다. 그리하여 분노 조절에 성공해 멋진 남자로 살아가고 싶다.

'홧김에 전쟁을 일으키거나 사람을 죽이지 않겠다'고 다짐했던 징기스칸이 저 큰 대륙을 정복했듯이, 나도 '홧김에'와 '분노'를 최대한 잘 조절하여, 멋스런 사나이로 여생을 보내고 싶다.

- 이야기 문학상 수상작

그해 여름

죽녹원에 들어서자 흔들리는 댓잎 위에서 햇살이 리듬을 탄다. 대숲 바람 소리가 만져진다. 채워진 듯 비워진 듯 맑고 깊다. 황 기사의 미소가 아직도 거기에 남아 있는 듯.

30여 년 전, 백여 평 남짓한 목욕탕을 운영한 적이 있었다. 황 기사는 그곳에서 남탕과 보일러실을 관리했다.

그는 등록금을 마련하기 위해 대학을 잠시 휴학하고 있었다. 작달막한 키에 대나무의 곧은 줄기 같은 갈비뼈를 드러내며 목욕탕 바닥을 청소했다. 여문 소리의 단소처럼 단단한 목소리로 노래를 하며.

많은 사람들이 때 절은 시간을 밀기 위해 목욕탕에 들어서면 그는 소란스런 몸짓으로 바빴다. 손님이 원하면 때를 밀어주기도 했는데 아이들과 장난치며 놀기를 더 좋아했다. 등에 아이들을 태우고 푸른 지느러미 같은 팔다리를 흔들며 파도를 만들었다. 아이들은 고래를 잡았다며 깔깔거렸다.

어느 날 퇴근길에 만난 그는 매우 분주한 모습이었다. 무거운 시멘트 포대를 물에 쏟아붓고 있었다. 입을 굳게 다문 시멘트 자루가 빗장이 풀리며 물속에서 질퍽해졌다. 모래와 함께 그도 오후의 몸에 뒤섞여 시간을 촘촘히 엮고 있었다. 노을이 찰지게 붉었다.

보일러실 안에다 벽돌로 된 자그마한 방 하나 만들고 있었다. 시멘트로 대나무의 마디 같은 벽돌과 벽돌 사이를 꼼꼼히 채우자 저녁이 안팎으로 길을 열기 시작했다.

일이 없을 때 탈의실에서 시간을 보내는 것이 못내 아쉬웠던 모양이다. 그는 지하 보일러실에다 방을 만들어 자격증 시험도 대비하며 미래도 설계해 보겠다고 누런 이를 온통 다 드러내 보이며 씨익 웃었다. 순박해 보이는 그의 태도가 맘에 들었다.

그날 저녁은 그와 함께 김치찌개에다 막걸리를 곁들여 이런 저런 얘기를 나눴다. 밤이 깊어지면서 그는 추위에 얼기 시작한 겨울강 같은 가족 이야기를 꺼냈다.

돌아가신 아버지와 어렵게 살아가는 식구들. 그는 가족에 대한 연민으로 눈물을 훔치기도 했다. 병약한 어머니와 나이 어린 여동생이 늘 마음에 걸린다고 했다. 아버지의 빈자리를 대신하며 시린 삶을 혼자만의 어깨에 짊어지고 한 발 한 발 내디디고 있었다.

언젠가는 반드시 집안을 일으켜 세우고 싶다며. 새벽을 흔들어 깨우는 꿈들을 얘기할 때는 비상을 준비하는 새처럼 눈동자가 빛났다. 겨울을 건너 봄의 절정으로 들어서기 위해 발돋움하고 있

박덕은 作 [그해 여름]

었다.

겉보기에 그는 밝아 보여 그런 아픔이 있는지 짐작하지 못했다. 아무 탈 없이 평범한 가정 속에서 성장한 줄 알았다. 그는 묵묵히 그만이 열 수 있는 길을 만들기 위해 대뿌리처럼 힘을 비축하고 있었다.

대나무는 씨를 뿌린 후 몇 년 동안 거의 자라지 않는 것처럼 보이다가 어느 날 보면 울창한 숲을 이룬 것을 보게 된다.

대나무의 생장 속도는 소나무의 30년 길이 생장 속도와 같다. 이것은 몇 년 간의 뿌리 내림이라는 기다림이 있어 가능하다.

그 뿌리 내림처럼 그도 기다림을 비축하고 있었다. 어찌 보면 인생이란 기다림의 시간을 짓는 것이리라.

기다림을 통해서 단단해지지 않았다면 대나무는 가느다란 바람에도 모래성처럼 맥없이 쓰러졌을 것이다. 폭풍우 몰아치는 어둠 속에서 산산이 흩어지는 굉음을 견디며 새벽까지 기다려 본 자만이 여명을 만날 수 있다.

기다림은 자신과의 대화다. 끊임없이 자신에게 진정 무엇을 원하는지 왜 해야 하는지를 묻고 또 물어야 기다림을 축적할 수 있다.

대나무 뿌리처럼 그도 어둠 속에서 아직은 보이지 않는 일출 같은 날을 만나기 위해 뿌리를 내리고 있었다.

아이들과 놀아주는 게 귀찮지 않느냐고 물었다. 그는 마음이 괴로울 때 아이들과 함께 웃으며 놀다 보면 마음이 가벼워진다고 했다. 역경 한가운데에서 대나무가 모든 걸 비우는 것처럼 그도 비워내고 있었다.

대나무의 뿌리는 그물처럼 서로 얽히고설키며 자란다. 그러면서도 대뿌리의 속은 비움이라는 신념을 행동으로 옮기듯 비어 있다. 언제 끝날지 모르는 기다림 앞에서 두려움 이겨내는 법을 터득한 것이다. 삐걱거리는 균형에 포기하듯 무작정 손 놓지 않고 욕심을 비우고 조급함을 내려놓는다. 비우며 기다렸기에 대나무는 강하다. 그래서 일본 히로시마에 원자폭탄이 떨어졌을 때에도 대나무는 유일하게 살아남았다.

지구상에서 가장 강인한 생명력을 지닌 대나무. 비우며 기다린 그 대나무의 시간처럼 그도 기다림을 짓고 있었다. 빈틈없이 시멘트를 발라 내일로 가는 방을 차근차근 만들고 있었다.

　성인봉 둘레길을 달려 죽녹원 정상까지 뛴다. 대숲 사이로 시원한 바람이 불어온다. 푸르게 웃고 있는 황 기사가 보인다.

　어깨에 멘 죽(竹) 화살 같은 배낭이 달싹거린다. 기다림과 비움 사이를 오가며 하루를 짓고 있냐 묻고 있는 듯 예리한 화살 끝이 나를 향해 있다.

- 진해 군항제 문학상 수상작

톱상어와 멸치떼

멸치 국숫집을 찾았다. 통멸치가 흐물흐물하도록 오랫동안 우려냈는지 국물맛이 시원했다.

고교 시절 '멸치'라는 별명의 친구가 있었다. 집채만 한 고래를 피해 다니느라 날렵함이 배어든 멸치처럼, 그는 수업 시간에 선생님의 눈을 요리조리 피해 가며 잠을 자곤 했다. 쉬는 시간이 되면 지느러미로 써 내려간 바다체 같은 침을 아무렇지 않게 쓰윽 닦고 일어났다.

고집이 센 내가 친구들과 다른 의견을 내세워 밀어붙여도 그는 나를 지지해 주었다. 독불장군 같은 나를 밀어내지 않고 그는 늘 받아주곤 했다.

그 당시 나의 성격은 톱상어와 비슷했다. 톱상어는 가늘고 긴 톱 모양의 주둥이를 사용해 먹이 사냥을 한다. 톱니 같은 주둥이를 좌우로 빨리 움직이기에 먹잇감을 쉽게 절단할 수 있다.

한번은 내가 학급 반장이었는데 우리 반 일에 협조하지 않고 요리조리 빠져 나가는 친구가 있었다. 매번 그 친구는 수업이 끝나면 청소를 하지 않고 놀기만 했다. 변소 청소 당번을 정해서 청소하기로 했는데도 한 번도 지키지 않았다.

참다못해 하루는 반 친구들 70여 명이 보는 앞에서 그 애의 잘못을 지적하기로 마음을 먹었다. 그날 그 친구는 반의 맨 앞자리에 앉아 있었다. 나는 교탁 앞에서 담임선생님처럼 꼿꼿이 서 있었다. 얼추 10여 가지의 일들을 나열했다. 도저히 반박할 수 없을 만큼 사실에 근거하여 하나하나 꼼꼼히 지적해 나갔다.

그 친구는 내 말을 끝까지 듣고 있었다. 고개 숙인 채, 한마디 대꾸도 없이 듣고만 있었다. 내가 10여 가지의 지적 사항을 다 말하자 그는 눈물까지 흘렸다. 그 순간 나는 그 애가 반성하는 줄 알았다. 내가 의기양양하게 물었다.

"내 말에 무슨 잘못된 게 있나?"

"……."

잠시 말이 없던 그 애가 갑자기 고개를 번쩍 들더니 한마디 했다.

"내가 잘못한 건 충분히 알겠는데, 지금 내 마음은 널 죽여 버리고 싶어."

나의 말발은 세다 못해 상대방의 마음을 절단하는 날카로운 톱이었다.

그 일이 일어난 후, 나는 급격히 의기소침해져 갔다. 자신만만하던 나의 모습은 어디론가 사라져 버렸다.

그러던 어느 날 '멸치'라는 별명의 친구가 이런 말을 했다.

"사람들은 모두 아닌 척하지만 속으로는 고래를 피해 다니는 멸치떼처럼 아픔도 많고 나약해. 그래서 우리는 서로의 아픔을 받아주며 멸치떼처럼 함께 모여 사는 거야."

그러고 보니까 나는 그동안 나의 아픔뿐만 아니라 타인의 아픔을 받아주며 살았던 적이 없었던 것 같았다. 강하게 살아야 한다고 생각했기에 나의 아픔을 애써 외면했다.

누가 나의 잘못을 얘기해도 미안하다는 말을 한 적이 없었다. 오히려 타인의 단점만 더 크게 부각시키며 쏘아붙였다.

나의 아픔에 대해서 이렇듯 무관심했으니 타인의 아픔이 눈에 들어올 리 더더욱 없었다. 나의 아픔을 끌어안는다는 것은 나를 진정으로 이해하며 사랑하기 시작했다는 뜻이다. 타인의 아픔을 받아들인다는 것은 타인의 삶을 수용하며 인정하기 시작했다는 뜻이다. 나는 나 자신을 있는 그대로 사랑하지도 못한 채 살아왔던 것이다.

아픔이 있을 때 왜 아픈지 들여다보지 않고 안 아픈 척 일어나 생활했다. 솔직히 아픔을 어떻게 마주 대해야 할지 몰랐다. 나는 잘난 척하는 톱상어처럼 날카로운 톱을 들고 상대방을 위협하며 살아 왔던 것이다.

잘난 척하든, 의기소침해 하든, 있는 그대로의 나를 그 친구는 받아주었다. 그 친구와 함께 있으면 이상하게 마음이 편안했다.

그동안 나는 넉넉하게 품어 준 그와는 달리 약간 게을러 보이는 그의 성격이 맘에 들지 않았다. 잠은 죽은 후에도 충분히 잘 수 있는데 수업 시간에 공부하지 않고 굳이 잠을 자는 그가 이해가 되지 않았다. 의미 없게 시간을 허비하고 있는 것 같았다. 하지만 그의 말을 듣고 보니 그에게 미안한 마음이 들었다.

멸치로 우려낸 국물을 쭉 들이켰다. 진하고 구수했다.

사실 멸치똥은 멸치의 내장이라고 한다. 입속으로 시린 해풍 드나들고 고래에게 쫓기면서도 살아남기 위해 몸부림쳤던 시간들이 쓴맛 나는 몸속 멸치똥으로 새겨진 것이다.

아픔을 이겨낸 기록들인 셈이다. 그도 나의 모난 성격에서 아픔을 읽어 냈던 것일까.

어느 날 새벽이었다. 그때는 통행금지 시간이 있었다. 자정부터 새벽 4시까지는 시민들의 거리 통행이 통제되던 시절이었다.

'멸치'의 집과 우리집 사이는 대략 1km가량 떨어져 있었다. 새벽 4시에 우리집에 도달하려면 대략 4시 15분 전에는 일어나 달음박질로 뛰어와야 하는 거리였다. 새벽을 물고 바다 위로 솟아오르는 날쌘 직선의 몸짓처럼 그는 달려왔을 것이다.

우리집 대문을 누군가가 발로 들이차는 소리가 들렸다. 엉겁결에 잠이 깬 나는 몹시 화난 목소리로 뛰어나가며 소리쳤다.

"누구야? 새벽부터 남의 집 대문을 발로 차는 놈이?"

대문 앞에 그가 은빛 비늘을 반짝이듯 우뚝 서 있었다.

"아니, 네가 왜? 이 시간에?"

깊은 바다처럼 어둑어둑한 골목을 배경으로 서 있던 그가 한 손을 쑤욱 내밀었다.

"이게 뭐야?"

"오늘 니 생일이잖아. 그래서 선물 하나 준비했지. 멸치 굴비야."

그때서야 나는 그날이 내 생일날임을 기억해 냈다. 그가 선물이라며 들이민 것은 다름 아닌 멸치 묶음이었다. 마치 굴비처럼 스무 마리의 멸치가 두 줄로 가지런히 엮여 있었다.

그는 우리가 함께 어우러져 있어야 은빛 멸치처럼 빛나게 세상이라는 바다로 나아갈 수 있다고 말하는 듯했다.

이런 엉뚱한 선물을 내 손에 쥐어 주고는 그는 다시 바닷속으로 뛰어들 듯 뒤돌아서 냅다 달려갔다. 그는 그렇게 나에게 멸치 굴비를 통해서 어우러져 사는 맛을 선물해 주었다.

박덕은 作 [톱상어와 멸치떼]

멸치를 만져 봤다. 바다를 물고 온 팔딱거림이 느껴지는 듯했다. 싱싱한 날들이 수평선 위에서 파르르 꼬리 치며 달려오는 것 같았다. 배 쪽은 살짝 볼록했다. 고래를 피해 수면을 박차고 뛰어올랐던 바다의 푸른 문장 같았다. 그 문장을 쓰기 위해 멸치는 제 몸의 소금기로 숨을 고르며 슬픔, 좌절, 고독의 쓴맛을 만났을 것이다.

사람 사는 세상도 아픔을 끌어안을 줄 알아야 그때부터 진정한 소통과 이해가 시작된다. 그 이해의 바탕 위에서 이루어진 관계는 편안해진다. 아픔이라는 이름의 쓴맛까지 모두 끌어안고 받아주면 어우러져 사는 맛이 더 깊어진다.

국물맛이 시원해 멸치 국수를 한 그릇 더 주문했다. 할머니는 어른 주먹만 한 국수 사리를 담더니 그 위에 잘 우려낸 멸치 국물을 가득 부으며 이렇게 말했다.

"우리집 국물은 멸치를 통째로 우려내서 시원하지. 쓴맛 나는 멸치똥이랑 끓여서 그래. 사람 사는 것도 마찬가지여. 이게 싫다, 저게 싫다 하면 어우러져 사는 맛이 없거든."

- 대한시협 문학상 대상 수상작

창문을 읽다

낡은 신발

험한 시간을 건너야 할 때마다 '새 신을 신고 뛰어 보자 팔짝!'처럼 하고 싶었다. 하지만 현실은 동요 가사와는 달라 밑창이 너덜너덜해져도 낡은 신발을 벗을 수가 없었다. 매서운 길들이 뒷굽을 갉아먹어도 계속 신어야 했다.

어렵사리 대학에 들어간 나는 용돈뿐만 아니라 학비까지 내 스스로 감당해야 했다.

중학생 과외를 시작했다. 일 년 내내 빠짐없이 했다. 쉬는 날도 거의 없이 했지만, 생활비가 늘 부족했다. 그렇다고 힘들다며 중도에 대학을 자퇴하기는 싫었다.

밤새 구부러진 뒤축처럼 구겨진 채 자다가도 아침이 되면 어김없이 학교로 향했다. 실밥이 터져 나오는 걸음을 단단히 동여맸다. 등뼈 꼿꼿이 세우고 신발의 앞코를 치켜들며 걸었다.

부족한 용돈으로 구입할 수 있는 신발은 기껏해야 비닐 구두가 고작이었다. 하지만, 비닐구두는 그리 오래 신지 못한다는 것이 흠이었다. 앞쪽은 멀쩡한데, 꼭 뒤축이 갈라져 너덜너덜해지다가 떨어져 나갔다. 그게 별것 아닌 것처럼 보이지만, 여대생 앞에서 걷는 때는 나를 가장 힘들게 했다. 발걸음 하나씩 뗄 때마다, 발뒤꿈치가 들어 올려지니, 뒤에 따라오는 여대생의 눈길에 그게 아주 선명히 눈에 띌 수밖에 없었다.

가난한 냄새 같은 너덜너덜한 뒤축은 쉽게 들통났지만, 대학생이라는 궤도를 이탈하지 않기 위해 구멍난 굽으로 미끄러운 빗길이라 할지라도 마다하지 않고 걸어야 했다. 구멍난 그 굽으로 새어 들어온 빗물은 발을 옮길 때마다 찌그럭찌그럭 창피한 소리를 냈다.

나의 생을 처음으로 직립 보행하며 세상을 향해 목소리 내기 시작했을 때, 나는 낡은 비닐 구두처럼 초라했다.

하루는 학과에서 단체로 산행을 갔는데, 그 산길은 가파른 데가 아주 많았다. 아무리 느리게 걸어 올라간다 해도, 나의 발걸음은 여대생들보다는 약간 빨랐다. 그러다 보니, 비탈길을 오르는 여대생들의 눈길에 나의 떨어진 비닐 구두 뒤축이 잘 보일 수밖에 없었다.

아무리 감추려고 애를 써도 감출 수 없는 가난한 풍경, 그게 여간 신경이 쓰이는 게 아니었다. 그래서 느릿느릿 행렬의 맨 뒤로 자주 빠지곤 했지만, 어쩌다 보면 또 내가 여학생들보다 더 앞서 걷게 될 때가 많았다. 그런 일이 있던 다음날에도 나는 여전히 그

낡은 비닐 구두를 벗지 못하고 신고 다녀야 했다. 대학을 졸업하기 위해 이를 악물고 독해져야 했다.

　말벌의 독성이 가장 강한 시기는 상사화가 피는 가을 무렵이라고 한다.
　대지는 온통 붉은 꽃물결로 열정에 치닫고 있는데, 말벌은 겨울나기를 준비하며 스스로 독성을 키운다. 이처럼 험한 시간을 버티기 위해 스스로 독해지는 것들이 있다. 최선을 다해 독해져야만이 어려움을 견디는 생명들이 있다. 자기 자신을 더 강하게 단련시키기 위해 독해질 수밖에 없다.
　대학을 다니던 그 무렵, 나는 한층 독해졌고, 그 독으로 세상과

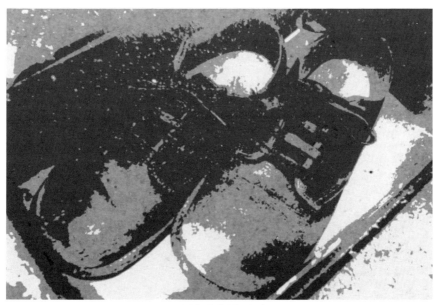

박덕은 作 [낡은 신발]

직면하며 나아갔다. 그렇게 힘든 대학 생활은 낡은 비닐 구두의 밑창에 덕지덕지 엉겨 붙었다.

돌이켜보면 역경이 닥칠 때마다 나는 늘 낡은 신발을 신고 있었다. 새로운 세상으로 나아가게 해주는 신데렐라의 유리구두 같은 새 신발은 좀처럼 주어지지 않았다. 무거운 소금덩이를 발에 차고 있는 듯해, 걸음을 뗄 때마다 힘에 겨웠다. 새끼 홍학의 소금신발처럼 버거웠다.

새끼 홍학은 아프리카 중남부의 어느 작은 호숫가에서 태어난다. 태어나자마자 건기乾期가 찾아오고, 물은 말라 서서히 소금호수로 변해 간다. 눈뜬 지 얼마 안 된 새끼 홍학은 25km나 떨어진 다른 호수로 걸어가야 한다. 걸을 때마다 새끼 홍학의 발에는 소금이 들러붙기 시작한다. 급기야 걷기에 몹시 부담스러운 소금뭉치가 엉겨 붙는다. 무거운 소금신발을 신은 새끼 홍학은 독하게 마음먹어야 호수까지 걸어갈 수 있다.

산다는 것은, 어쩌면 새끼 홍학처럼 무거운 소금신발을 신고도 독하게 걸어가야 하는 건 아닐까.

살다 보면 원하든 원하지 않든 병에 걸려 병치레를 할 때가 있다. 그런 때도 나는 여전히 낡은 신발을 신고 병원에 갈 것이다. 병실에서 만나는 쓸쓸한 시간도 그 신발을 신고 담담하게 건너갈 것이다.

- 대한시협 문학상 대상 수상작

낙동강 오리알과 낙동강 전투

　사람들에게 낙동강 하면 어떤 것이 떠오르냐고 질문했을 때 낙동강 오리알과 낙동강 전투라고 말하는 이가 많다.

　낙동강 오리알의 사전적인 뜻은 어떤 무리에서 떨어져 나오거나 홀로 소외되어 처량하게 된 신세를 이르는 말이다. 젊은 시절의 나 자신을 지칭하는 말이기도 하다.

　한참 성공가도를 달렸던 어느 날, 갑자기 부도가 나서 파산을 했다. 그동안의 모든 인간관계와 만남이 산산히 부서져 깨졌다.

　나는 더이상 그 무리 속으로 들어갈 수 없었다. 외따로 떨어져 나와 홀로 지내야 했다. 나는 철저히 '낙동강 오리알'이 됐다.

　부도가 나기 전에는 나는 소위 잘나가는 그룹에 속해 있었다. 내 힘으로 대학교와 대학원을 졸업했기에 자신감이 충만했으며 무슨 일이든 두려움 없이 도전했다. 그런데 한순간에 모든 게 사

박덕은 作 [낙동강 오리알과 낙동강 전투]

라졌다. 여울물이 가뭄으로 모든 물살을 잃어버리듯이.

아픔을 내보이며 속 얘기를 할 수 있는 사람이 단 한 명도 없었다. 아니, 자존심 구겨가면서까지 사람들을 만나고 싶지 않았다. 어쩔 수 없이 나 홀로 아픔을 맞서다보니 가슴이 터져 버릴 것 같았다.

터질 듯한 서러움을 가방에 주섬주섬 담아 무작정 낙동강으로 향했다. 언제부턴가 낙동강을 사진기에 담고 싶었는데 시간이 없다는 핑계로 가지 못했었다. 모든 걸 다 잃고 난 후에야 빈손으로 낙동강을 찾았다.

어머니 품처럼 넉넉한 낙동강에게 위로받고 싶어서 나도 모르게 발걸음이 그쪽으로 향했는지도 모른다.

낙동강 하구에 도착했다. 푸른빛의 강물을 보니 답답한 마음이 사라지는 듯 시원했다.

낙동강의 심성을 고스란히 드러낸 푸른빛은 어떤 난관이 닥쳐와도 끝까지 흘러가겠다는 뚝심처럼 반짝였다.

장마로 강이 범람해 길을 잃었을 때 낙동강은 어떤 마음이었을까. 좌절하지 않고 다시 일어서면서 낙동강은 얼마나 많은 눈물을 흘렸을까. 강물을 두드리는 새소리도 눈물이었고, 휘날리며 떨어지는 꽃잎도 끙끙 앓는 눈물로 느껴졌을 것이다.

낙동강은 수면 위까지 차오르는 울음소리를 그저 묵묵히 흐르는 것으로 다독였을 것이다. 상류의 아픈 몸을 모두 추스리지 못한 채 하류로 접어들어도 그저 담담히 흐르는 것으로 또다시 마음을 다독였을 것이다. 울컥이는 감정들이 물의 몸으로 녹아들어 물결무늬가 될 때까지 다독였을 것이다. 실망하고 상처받아 어딘가로 숨어 버리고 싶을 때도 낙동강은 어제처럼 흐르고 또 흘렀을 것이다. 태백의 황지 연못에서 출발한 낙동강은 그렇게 흐르고 흐르면서 1,300여 리의 대서사시 같은 물길을 완성했을 것이다.

가만히 강물을 들여다보았다. 거기에 어른거리는 나의 아픔이 울컥울컥 흐르고 있었다.

비 오는 날이 아니어도 빗소리처럼 울음 쌓이며 저물어 가는 아픔이 보였다. 언젠가는 내 아픔도 저 강물처럼 반짝이는 윤슬로 피어날 수 있을까.

평일인데도 사람들은 제법 있었다. 둔치로 발길을 옮겼다. 드문드문 보이는 버드나무가 강바람에 취한 듯 서 있어 목가적이었다. 벤치에 앉아 있는 사람들의 모습이 그대로 풍경이 되어도 좋을 만큼 아름다웠다. 저 멀리 을숙도가 보였다.

가슴 따스한 강물에 안긴 을숙도는 부모 품에 안긴 어린아이처럼 평화로워 보였다. 순간 내 마음도 편안해졌다. 낙동강 오리알처럼 처량한 신세가 된 나를 토닥여 주는 듯했다.

철새들이 깊은 잠에서 깨어나 옹알이하듯 날아올랐다. 낙동강은 철새들이 목마르지 않게 지고 온 강물을 한 동이씩 부리고 있었다.

6.25 전쟁 때 피 튀기는 낙동강 전투를 하면서까지 지키고 싶었던 것은 무엇이었을까. 아마도 사랑하는 가족이었을 것이다. 자식 같은 철새들과 을숙도를 지키기 위해 1,300여 리나 되는 머나먼 길을 포기하지 않고 흐른 낙동강처럼.

가뭄과 장마로 길을 잃은 낙동강이 사는 게 힘들어서 주저앉거나 도망갔다면 어찌됐을까. 자식 같은 을숙도를 품은 낙동강 하구는 결코 없었을 것이다.

나에게는 어린 자식이 둘이나 있다. 대학을 졸업할 때까지는 어떻게든 뒷받침을 해야 한다. 힘들다고 여기서 주저앉으면 안 된다. 1,300여 리의 물길처럼 험난한 인생길일지언정 이를 악물고 다시 일어나 걸어야 한다. 무릎이 바들바들 떨려도 을숙도를 지킨 낙동강처럼 쉼없이 걸어가야 한다.

시원한 바람이 불어왔다. 강가를 산책하는 사람들의 표정이 밝아 보였다. 저 사람들도 울컥이는 아픔을 낙동강에 기대어 위로받은 것일까.

힘들면 보폭을 줄이고 걸음 속도를 늦추더라도 흐름을 멈추지 않는 낙동강처럼 나도 이제는 묵묵히 나아갈 것이다.

푸른 강물 위로 철새 한 마리가 수면을 두드리듯 스치며 날아올랐다. 그 짧은 순간에 낙동강은 격려와 지지를 보내기 위해 둥근 마음 물결의 문을 열고 있었다.

- 낙동강 수필 문학상 수상작

아버지와 은행나무

    그날도 가을바람이 숨가쁘게 고갯마루를 넘어서고 있었다. 노랗게 물든 은행잎처럼 주술에 걸린 듯 아버지의 발걸음은 어머니의 산소로 향하고 있었다.

    은행나무 가지 사이로 비에 젖은 그늘이 내려앉더니 서늘해지기 시작했다. 은행나무는 암나무와 수나무가 마주하고 있어야 열매를 맺는다 하는데, 저 수나무는 부평초처럼 떠도는 마음을 어쩌지 못해 잎마다 외로움만 노랗게 새기고 있었다.

    헛헛함이 서린 오후가 낮게 깔리고 있었다.

    "아버지, 십 년 넘게 어머니가 드실 밥상까지 차렸으니, 산소 다녀오는 건 이제 그만 하세요."

    자식들이 아무리 말려도 아버지는 한결같았다. 아버지는 어머니가 먼저 가서 그나마 다행이라고 했다. 몸져누운 어머니를 두고 당신이 먼저 저세상으로 갔으면 어쩔 뻔했냐며, 당신이 홀로 된 게 더 나은 거라고 했다. 그러면서 아버지는 자신이 외로워서가 아니라 어머니가 외로울까 봐 산소에 가서 말동무라도 해드린다고 했다.

10여 년 넘게 어머니를 병간호했던 아버지는 또다시 10여 년을 어머니를 만나기 위해 날마다 길을 나섰다.

아버지는 30분 남짓 버스를 타고 간 후, 어머니 산소가 있는 마을 정류장에서 내렸다. 산으로 이어진 오르막길을 또다시 30분가량 걸어서야 산소에 다다를 수 있었다.

묘소 주위를 정리하고 묘 위의 잡풀까지 뽑고 나서야 편안히 앉아, 가지고 온 과일과 과자를 안주 삼아 소주 한 잔을 했다. 살아생전에 해주고 싶었는데 그러지 못한 것들에 대한 얘기도 늘어놓으면서.

그렇게 아버지는 으스름달도 모르게 찾아든 외로움을 걸치고 날마다 길을 나섰다. 돌아오는 길엔 은행나무 아래서 또 한참 동안 머물다 집으로 돌아왔다.

가르마 탄 어머니의 머리 모양이 은행잎과 닮았다며, 아버지는 유난히도 가을 은행나무를 좋아했다. 그런 가을에 어머니가 떠났기에 가을만 되면 아버지는 무척 힘들어했다.

외로움을 감당하며 10여 년의 시간을 견딘다는 건 내리꽂히는 아픔을 끌어안아 깊어진다는 것. 조개도 아픔 같은 모래가 가슴에 상처를 낼 때마다 끌어안아 감싼다. 그 수천 번의 반복된 견딤을 통해서 진주가 만들어질 때까지.

하루는 은행나무 아래서 아버지를 뵈었는데, 여느 때와는 다르게 아버지가 평온해 보였다. 한평생 뿌리로 붙박여 하늘만 바라보는 은행나무처럼 아버지도 어머니를 향한 그리움으로 10여 년을 걸었다. 그 걸음과 걸음 사이 어디메쯤에서 어떤 의미를 깨달은 것일까.

아버지는 사업이 망하여 속상해하고 있는 나를 지긋이 바라보았다. 나는 왜 이런 문제가 생겼는지 이해할 수 없다고 투덜거렸다. 해독할 수 없는 일련의 문제들이 목젖까지 차올라 버거웠다.

아버지는 내게 이런 말을 건넸다.

"서울에 있는 대학병원에서 입원 치료 받을 수 있도록 했어야 했는데, 형편이 넉넉지 않아서 그러질 못했지. 그게 제일 속상했어. 하지만 그 당시에는 그게 최선이었지. 그 사실을 이제는 받아들이려고 해. 받아들이니까 무거웠던 마음을 내려놓게 되더구나. 마음을 비운 상태에서 산소를 가니까, 산소 가는 길이 꽤나 편안해지더구나. 아들아, 너도 최선을 다했으니까 이제는 마음을 내려놓거라. 저 은행나무처럼 말이야."

아버지는 아픔인 듯 위장하는 어떤 의미가 내가 겪고 있는 고통, 그 안에 있을 수 있다고 말했다. 힘들지만 견딤을 통해서만이 깨달을 수 있는 의미가 있을 수 있다고 했다. 큰스님의 화두인 듯, 알 수 없는 아버지의 한마디가 가슴속을 파고들었다.

고요히 앉아있는 아버지를 뒤로하고 일어섰다. 은행잎들이 노오란 우산 깃을 펼치며 내려앉는 소리로 저녁을 옮기고 있었다.

박덕은 作 [아버지와 은행나무]

올해도 용문산에서는 은행나무 영목제靈木祭가 올려졌다. 천
년 동안 살아 숨쉬는 은행나무가 나를 내려다보고 있었다. 은행잎
이 아픔을 내려놓으라는 듯 손바닥 위로 내려앉았다. 천년의 고요
같은 노란빛이 따스이 느껴졌다.

이 은행잎이 땅에 떨어질 때까지 은행나무는 봄이면 최선을 다
해 싱싱한 부력으로 잎을 틔웠을 것이다. 태풍과 어둠 속에서도
은행잎을 노랗게 물들이기 위해 마음을 다했을 것이다. 뿌리와 햇
살로부터 끌어당긴 희망과 기대로 은행잎을 돌보고 가꾸었을 것

이다. 그렇게 돌본 은행잎이 가을이면 속수무책으로 우수수 떨어졌다.

그 모습을 보며 몸살 앓았을 은행나무. 받아들이기 힘든 은행나무의 아픔 속에서 수없이 계절은 흘러가고 천년의 시간은 또 그렇게 흘러왔을 것이다.

은행나무도 최선을 다했기에 은행잎 떨구는 아픔을 내려놓을 수 있었던 건 아닐까. 슬퍼하며 아파했던 천년의 견딤을 통해, 은행나무는 시간을 뛰어넘는 어떤 깨달음을 얻은 것일까.

은행나무는 가을빛 노란 물듦을 끝없이 반복하며, 지우기를 천년 동안 이어왔다. 그 반복된 몸짓이 천년을 건너면서 신성스러움이 스며들었다.

천년 넘게 하늘 향해 서 있는 그 자세만으로도 나무는 이미 거룩하고 성스럽기에, 생사의 경계가 있어도 그만, 없어도 그만이리라. 한 자리에서 뿌리로 붙박인 천년의 시간 때문인지 이제는 굳이 내려놓아야 할 그 무엇도 없을 듯했다.

산을 내려가면 다시 가시덤불 같은 일상 속으로 들어가야 한다.

바람이 불었다. 마음을 비우면 가벼워질 수 있다는 듯, 바람 소리를 받아 적고 있는 은행나무가 노을빛에 반짝였다. 아버지가 말씀하신 작은 깨달음 같은 은행잎을 몇 잎 주웠다.

고무신

퇴근하고 집으로 가는 길이었다.

낡은 고무신 한 켤레가 목련나무 아래서 웅크리고 있었다. 주름처럼 잔금이 진 고무신이었다. 제 속과 겉이 온통 서러운 흰 고무신이었다. 그 위로 목련 꽃잎이 살랑 떨어졌다. 굽은 닳았지만 꽃잎의 몸을 담고 더 걸을 수 있다는 듯 고무신은 앞코를 치켜들고 있었다.

한때 가족의 발이라는 이름으로 한 지붕 아래 살았을 고무신. 어느 날 갑자기 길거리에 나앉은 고무신에게 괜스레 미안했다. 뭔지 모를 감정에 마음이 불편했다. 가족으로부터 외면당했던 지난날이 읽혀져 조심스레 고무신을 주워들고 집으로 가져왔다.

초등학교 4학년 봄, 보자기로 둘둘 말은 도시락을 어깨에서 겨드랑이 밑으로 가로질러 맨 후 소풍을 갔다. 앞서거니 뒤서거니 고

박덕은 作 [고무신]

무신은 돌멩이를 딱딱 씹으며 재잘거리느라 신났다.

산길을 따라 걷는데 회황색 나뭇가지가 눈에 띄었다. 하나를 끊어 잘근잘근 씹어 빨아먹었다. 달짝지근했다. 달달한 우윳빛 수액에 맛들인 손은 나뭇가지를 계속 들고 다니게 했다. 대여섯 시간이나 되는 그 먼 길을 갔다 오는 동안 나뭇가지를 계속 잘근잘근 씹었다.

소풍을 다녀온 그날 밤, 갑자기 고열에 시달리기 시작했다. 살갗이 헐고 부스럼까지 돋았다. 창자까지 부어올라 복어처럼 내 배는 퉁퉁 부풀었다. 진물이 흐르고 악취가 났다.

어머니 등에 업혀 용하다는 약방을 돌아다녔는데도 고칠 수 없다는 말만 들어야 했다. 살 가망이 없다는 수군거림이 여기저기서 들려왔다. 어린 동생들에게 전염될 수도 있다는 동네 어른의 염려 때문에 내 처소는 안방에서 마루로, 다시 헛간으로 옮겨졌다. 거기서 가마니를 깔고 누워 있어야 했다.

나중에 알고 보니, 소풍길에 빨아먹었던 나뭇가지는 옻나무였다.

어쩔 수 없는 격리라지만 자꾸 눈물이 났다. 가족의 바깥으로 밀려나 버려졌다는 사실이 몹시 서러워, 손을 잡고 우는 어머니를 애써 외면했다. 어머니는 내 고무신을 깨끗이 씻어 곁에 놓아두었다.

어린 시절 어머니는 고무신을 신지 않고 밖으로 나가려 했던 나에게 이렇게 말했다.

"고무신을 신어야 발이 다치지 않아. 엄마를 대신해서 고무신이 너를 지켜줄 거니까 꼭 고무신을 신어야 해."

어머니의 빈자리를 대신한 고무신은 한밤중에도 졸음 묻은 어둠을 꺼끌꺼끌 털어내며 내 곁을 지켰다. 온몸으로 기도를 올리는지 고무신은 가지런히 놓여 있었다.

그 당시 우리집은 산속에 있었는데 밤에는 헛간을 기웃거리는 족제비, 너구리 때문에 무서웠다. 산짐승이 가까이 다가오면 손에 잡히는 대로 뭐든 집어던졌다. 헛간에 버려졌다는 원망 때문인지 급기야 어머니를 대신한 고무신까지 집어 던졌다. 병석을 털고 일어나 신발을 신고 싶지 않았다. 나는 신발을 돌아올 수 없는 저 먼

곳으로 던져 버리고 싶었다.

아침이면 어머니는 헛간 입구를 향하여 던져진 고무신을 어느새 내 곁으로 바짝 가져다 놓았다.

다행히 앓아누운 지 한 달가량 됐을 무렵 몸의 붓기가 조금씩 빠지기 시작했다. 고무신을 신고 일어나 마당으로 나왔다. 햇살을 받은 고무신은 아픔을 털며 숨고르기라도 하는 양 반짝였다.

가족의 품으로 돌아왔지만, 한때 버려졌다는 서러움 때문인지 고삐 풀린 반항이 시작되었다. 어리석게도 어머니 말씀을 따르지 않는 것이 버림받았던 상처를 치유하는 길이라 여겼다. 신발을 벗어 던지듯 어머니의 속을 무던히도 썩이며 살았다.

중년의 나이로 접어들 즈음, 어머니는 당뇨병에서 비롯된 합병증으로 병석에 드러누웠다. 힘이 없어 늘 방에 누워만 계셨다.

내 발의 문수보다 더 작아진 어머니는 이제 여력이 없어 아들의 신발을 챙길 수도 없을 만큼 허약해지셨다. 더이상 신발이 벗겨져도 다시 신으라고 재촉하지 않았다. 댓돌 위에 놓인 어머니의 고무신은 정지된 시간처럼 캄캄했다. 푹 꺼진 분화구처럼 적막했다. 내 등짝을 후려치며 야단이라도 쳤으면 좋으련만, 흐릿한 얼굴로 누워만 계셨다.

하루는 어머니의 고무신을 깨끗이 씻었다. 온기 어린 어머니의 시간을 담고 억지로라도 걸을 수 있도록 고무신을 댓돌 아래 내려놓았다.

세 살 무렵 마당에서 처음으로 걷기 시작할 때 어머니는 고무신을 신겨 줬다. 그때부터 고무신은 밭일하러 나간 어머니를 대신해

부딪혀 멍들고 찢겨졌다. 찢겨진 그 고무신처럼 칠 남매를 키운 어머니의 시간은 온통 상처투성이였다. 십여 년을 병석에 누운 탓에 뒷굽이 닳지 않는 멈춰 버린 시간만이 고무신 위로 흐르고 있었다.

이듬해 어머니는 돌아올 수 없는 먼 곳으로 떠나셨다. 신발을 잃어버린 사람처럼 나는 하루하루를 헤맸다.

어머니가 돌아가시고 얼마 안 있어 나는 헛간에서 앓아누울 때처럼 악몽을 꾸는 날이 많아졌다. 그런 날은 꿈속에서 어머니가 고열에 들뜬 이마를 만져주셨다. 내 손을 붙잡고 곁을 지켜 주셨다. 홀홀 털고 일어나 어서 신발을 신으라며 말씀하고 계셨다.

목련나무 아래에 있는 고무신을 집으로 들고 와 비누칠을 해가며 깨끗이 씻었다. 박박 닦으니 고무신은 어느새 고운 흰빛을 띠었다.

그 고무신에 흙을 담고 화초를 심어 아담한 화분으로 변신시켰다. 얼마 안 있으면 꽃이 필 것이다. 어머니의 환한 웃음처럼 화사한 꽃이 필 것이다.

아픔에 가닿아야 한다

일부러라도 내게 맞지 않는 상대방의 신발을 신어 봐야 한다. 그의 가방을 메고 길을 걸어볼 필요도 있다. 발뒤꿈치에 물집이 잡히고 어깨를 짓누르는 통증을 겪게 되면, 아픔이 다르게 느껴진다. 진정한 이해는 상대방의 가장 어두운 아픔에 가 닿을 때 이뤄진다.

눈을 맞으며 친구의 집으로 걸어갔다. 한때 샘물이었을 함박눈이 내리고 있었다. 구멍 뚫린 울타리는 바람이 드나드는 상처를 흰 붕대로 감쌌고, 길가의 돌멩이들은 하얀 고깔모자를 쓰느라 깔깔거리고 있었다. 이제 겨울만 지나면, 친구와 나는 대학생이 된다. 함박눈처럼 분홍 꽃빛이 펑펑 내리는 봄날 속으로 우리는 걸어갈 것이다.

기찻길 위에 나 있는 뿅뿅다리를 지나, 친구 집에 다다랐다. 의

외에도 대궐 같은 기와집이었다. 고풍스런 소나무마다 우듬지 가득 하얀 눈이 고봉밥처럼 쌓여 있었다. 한눈에 척 봐도 부잣집이었다.

그는 나랑 여태 친한 친구로 지내면서도, 내게 단 한 번도 자기 집과 가족에 대해서 언급한 적이 없었다. 그리고 보니 그 친구 집에 놀러간 사람은 아마도 내가 처음인 것 같았다.

집안에 들어서자 나는 매우 놀란 눈길로 집안 구석구석을 둘러봤다. 그만큼 잘 사는 집이었다. 난 솔직히 그가 매우 가난할 거라 막연히 생각하고 있었다.

학교에서 봤던 그의 모습은 옷을 기워 입어도 곧바로 터지는 솔기처럼 늘 의기소침해 있었다. 친구들과 좀처럼 어울리지도 않았다. 잘 웃지도 않았고, 틈만 나면 잠을 잤다. 쉬는 시간뿐만 아니라 수업 시간에도 맨날 졸고 있었다. 마치 잠자기 위해 학교에 온 것처럼. 그는 잠을 자다가 일어나 도시락을 까먹고, 잠을 자다가 일어나 집으로 갔다.

늘 그렇게 흐릿한 눈빛으로 지내던 그가 뜨거운 불길이 들어온 아궁이처럼 열기 띤 목소리로 말을 했다.

"내가 그린 그림 보여줄게. 아무에게도 보여주지 않았어. 네가 처음이야."

"기대 되는데."

미술대 입학을 앞두고 있는 그는 집 뒤꼍으로 나를 이끌었다.

왜 그림을 방에 걸어 두지 않았냐고 묻고 싶었지만, 꾹 참고 그의 뒤를 따라갔다. 풍경화일까, 인물화일까. 몹시 궁금했다.

상당히 긴 뒤꼍의 외벽에 그의 그림들이 쭉 진열되어 있었다.

그림의 사이즈가 엽서만 한 것에서부터 4인용 탁자 2배 크기의 액자에 이르기까지 아주 다양했다. 그런데 문제는 그 그림의 소재였다. 그림 소재가 한결같았다.

놀랍게도 그 그림은 그가 재래식 화장실인 칙간에 앉아 똥을 누는 모습이었다. 그것도 똥 한 덩이가 뚝 떨어지는 순간을 포착한 그림이었다. 거기 걸린 크고 작은 12점 모두 그림 내용이 똑같았다.

순간 가면을 쓰지 못한 나의 눈은 감정을 숨기지 못하고 그만 찡그리고 말았다. 그가 언짢아할까 봐 애써 무덤덤한 표정을 지었다. 내가 그동안 알고 지내던 친구와 지금 내 눈앞의 그가 동일 인물인지 의심이 갈 정도였다. 그는 나와 무관하게 완벽한 타인인 것처럼 느껴졌다.

볼일만 보고 재빨리 빠져나오는 칙간이라는 공간이 왜 그에게는 이토록 특별한 것일까. 냄새나고 더러운 똥이 그에게는 왜 소중한 것일까. 그런 그를 도무지 이해할 수가 없었다.

"어때, 내 걸작? 너의 그림 평을 듣고 싶어."

그는 으스대며 내 그림 평을 초조히 기다리고 있었다.

그런 그에게 나는 그 어떤 말도 해줄 수가 없었다. 함박눈이 펑펑 내리듯 기쁨을 안겨 주고 싶었지만, 도저히 그럴 수 없었다. 험한 말도 칭찬의 말도 그 어떤 것도 할 수 없어, 그냥 머뭇거리고만 있었다.

그는 빨리 말해 달라고 몇 번이나 재촉했지만, 나는 말 꺼내기를 망설였다. 인사치레라도 무슨 말을 해야 하는데, 얼음 속에 갇힌 것처럼 혀는 도무지 움직여지지 않았다.

　대문 밖으로 나올 때쯤, 그는 씁쓸한 표정을 지으며 한마디 해달라고 다시 졸라댔다. 학교에서 익히 봐왔던 그 모습이었다. 너덜너덜 실밥이 터진 헌옷처럼 의기소침한 그 얼굴. 나는 뽕뽕다리 위에서 헤어지기 직전에 이렇게 말해 주었다.

　"저 그림을 우리 집에 걸어놓고 싶지는 않아."

　묵묵히 고개 숙인 채 땅바닥만 내려다보고 있는 그를 뒤로하고 나는 발걸음을 돌렸다. 그의 집에서 조금씩 멀어질수록 우리의 우정도 조금씩 어긋나기 시작했다. 언 손을 부비며 집으로 돌아가는 길은 얼어붙기 시작한 우정처럼 추웠다.

　그로부터 수십 년이 흐른 어느 날, 그가 마음의 병이 깊어 죽었다는 말을 들었다. 누구는 그의 집안에 정신병력이 있다고 했고, 누구는 어렸을 때부터 새엄마와 사느라 마음고생이 심했다는 소

박덕은 作 [아픔에 가둘아야 한다]

문을 들었다고도 했다.

어느 날 문득 학교에서 잠만 자는 그 친구가 떠올랐다. 행복했던 시절에 머물러 있고 싶은 그는 귓바퀴 속으로 우루루 들어오는 소음을 밀어내고 싶었던 것은 아니었을까. 연습장처럼 쓰다 버릴 소리에 귀를 빼앗기기 싫었던 것은 아니었을까.

한 번은 그가 이런 말을 했었다.

"어렸을 때 울 엄마는 내가 똥을 누면, '아이구, 내 새끼 똥도 잘 싸네'라고 말하며 나를 안아줬어."

그가 자랑스러워했던 '똥' 그림이 떠올랐다. 나에게 똥은 짜증, 미움, 분노와 같은 구린내 나는 시간들이었다. 어두운 화장실에서 그런 냄새 나는 시간들을 빨리 처리하고 나오고 싶었다. 하지만 그에게 똥은 웃음처럼 아름다운 추억이 깃든 시간들이었던 것 같다.

똥은 엄마의 사랑을 확인시켜 주는 느낌표 같은 것. 그렇지 않고서는 그가 12점 모두 '똥' 그림을 그리지는 않았을 것이다. 똥에 대한 애정이 있어야 끝까지 완성할 수 있었을 테니까.

조심스럽게 마음의 문을 열었던 그가 다시 문을 걸어 잠그고 살아갔을 그 수많은 세월, 얼마나 외로웠을까.

이성복 시인은 "사랑은 항문으로 먹고 입으로 배설하는 방식에 숙달되는 것"이라고 말했다.

그만큼 상대를 이해하고 사랑하는 일은 어렵다. 지금 창밖에는 눈이 내리고 있다. 함박눈, 저 함박눈도 한때는 시궁창 물이었을 것이다.

부지깽이

어린 시절, 밖에서 친구들과 놀다가 캄캄할 때 들어오면 어머니는 부지깽이로 나를 때리며 늘 이렇게 단도리를 하셨다.

"캄캄할 때 돌아다니면 귀신이 나타날지 모르니까 빨리 들어와."

1960년대 그 당시에는 귀신이 두려움의 존재로 사람들의 입살에 오르곤 했었다. 어머니의 마음을 모르는 것은 아니지만 나는 늘 더 놀고 싶어 집에 늦게 들어갔다.

유난히 고집이 센 나는 집에 빨리 들어와야 한다는 그 정해진 틀이 정말 싫었다. 순종이라는 두 글자가 주머니에 들어 있었지만 거리낌 없이 꺼내는 방법을 몰랐다. 손으로 만지작거리다가 뭉개져 버리는 날이 많았다.

어머니는 놀고 싶어하는 나를 무섭고 엄하게 꾸짖었다. 다른 형제들과 달리 어머니에게 반항을 많이 한 나는 어머니의 아픈 손가락이었다.

어머니는 내가 무난하게 살기를 바라는 마음으로 꾸지람을 했을 것이다. 그 바램과는 달리 나는 늘 모났다. 세상이 정한 흑백의 비밀을 직접 만져보고 싶었다. 내 혀로 핥으면서 쓴맛을 알고 싶었다. 그런 나를 어머니는 염려스러워했다.

어느 날 나는 집 밖에서 버티다가 어머니한테 들키지 않고 집에 들어가는 방법을 연구하기 시작했다. 어머니는 어린 동생들을 챙기느라 늘 바빴기에 집에 들어갈 때 들키지만 않는다면 그날 저녁은 무사히 넘길 수 있었다.

방법들을 연구하면서 나는 하굣길에 되도록 느린 발걸음으로 걸었고, 또 아이들이 놀 자리를 펴면, 어김없이 적극적으로 참여했다. 친구들과 함께 놀 기회가 없을 때는 뒷동산에 홀로 올라, 거기 서 있는 아름드리 당산나무에 오르기를 도전하고 또 도전하느라 꽤나 오랜 시간을 보냈다.

당산나무는 워낙 커서, 오르기가 쉽지 않았다. 그런데도 나는 매번 미끄러지면서도, 또다시 오르고 오르다 미끄러져 몸뚱이를 다쳐 성할 날이 없었다. 어머니한테 야단맞는 것보다 나무 오르기 도전을 하다가 다치는 게 마음이 더 편해 도전은 좀처럼 멈춰지지 않았다. 그러다 보면, 항상 집에 늦게 들어가기 일쑤였다.

하루는 우리집에서 일하는 사람이 나오는 틈을 타서 집안으로 안전하게 들어갔다. 대문이 워낙 커서 삐그덕 소리가 요란했지만 어머니는 눈치채지 못했다.

나는 미안한 마음에 어머니가 있는 정지로 갔다. 어머니는 아궁이 앞에서 부지깽이를 들고 불을 때고 있었다. 그 곁에 앉아 몸을 녹였다. 부지깽이는 전에 봤을 때보다 더 짧아져 있었다. 나는 그 부지깽이로 칼싸움도 하고 연필처럼 잡고 마당에 그림을 그리기도 해 정이 갔었다.

"부지깽이가 몽당연필처럼 작아졌어요."

"부지깽이가 없다면 불길의 세기를 조절할 수가 없어 밥이 타버리지. 고들고들한 밥은 어찌 보면 부지깽이가 있기 때문에 가능한 거야."

"부지깽이가 불을 뒤집을 수 없을 만큼 작아지면 어떻게 해요?"

"불 속으로 던지지."

어머니의 말에 나는 처음으로 부지깽이가 고마웠고 미안했다.

부지깽이는 장작보다 덩치는 작지만 장작이나 솔가지가 열기를 낼 수 있도록 도와주며 그 곁을 지킨다. 불이 옮겨붙은 부지깽이는 까맣게 자신을 태우면서도 그 쓰임을 다한다. 길이가 짧아져 아궁이에 제 몸을 더이상 집어넣을 수 없을 때까지 불의 숨길을 다독인다.

어머니는 부지깽이처럼 어머니의 생이 다할 때까지 나를 끊임없이 다독여주었다. 고들고들한 밥과 같은 성숙한 사람을 만들기 위해 부지깽이를 들어 나를 야단쳤던 것이다.

어머니의 깊은 속도 모르는 나는 집에 들어가기 전략을 매번 따로 짜서 들키지 않기 위해 머리를 굴렸다.

집에 들어가기 제1코스 : 이는 길에서 대문을 바라볼 때 오른쪽 코스이다. 이 코스는 이웃집 마당을 통과해서, 우리집 칙간의 담을 넘어야 한다. 그런데, 이 코스는 이웃집 할머니의 따가운 눈초리를 맞고 견뎌야 한다. 이게 너무나 싫어서, 대부분 1코스는 포기하곤 했다.

집에 들어가기 제2코스 : 이는 칙간과 대나무숲 사이로 들어가는 코스다. 칙간 옆에는 돼지우리가 있고, 돼지우리 밖으로는 대숲이 있다. 그런데 이 대숲으로 가려면, 반드시 너비가 2미터가량 되는 도랑을 건너야 한다. 그래서 신발을 벗고 바짓가랑이를 걷어 올린 뒤 도랑을 건너 대숲으로 올라서야 한다. 그런데, 도랑을 건널 때 미꾸라지들과 거머리들이 살고 있는 뻘을 지나야 하는데, 그 느낌이 정말 싫었다. 그래서 2코스도 만만치 않았다. 선뜻 선택하기엔 망설여지는 코스였다.

집에 들어가기 제3코스 : 이는 빨래터로 들어가는 코스다. 우리집을 끼고 돌아가는 도랑에 흐르는 물의 양은 꽤나 많은 편이었다. 그래서 이 도랑의 물이 우리집 빨래터로 들어왔다 나가도록 설계되어 있었다.

대숲과 흙담 사이의 7미터가량에 큰 돌이나 넓적 바위를 깔아놓고, 물결 위에는 판자벽을 높이 4미터가량 쌓아 밖의 길에서는 집안을 들여다볼 수 없도록 해놓았다. 이곳에선 빨래도 하고 목욕도 하고 세수도 하는 자리였다. 그런데 판자가 물결 위부터 설치

되어 있기 때문에, 길 밖에서 겉옷을 벗어 흙담 안으로 먼저 던져 놓고, 팬티 바람, 일종의 수영복 차림으로 물속으로 다이빙하여 빨래터로 잠수하여 들어오는 코스였다.

이 코스를 실행해 보지는 않았지만, 한 번 도전해 보고 싶은 코스이기도 했다. 빨래터에서 목욕할 때는 한두 번 빨래터에서 판자 밑으로 잠수하여 길 밖으로 나간 적은 몇 번 있었다. 언젠가 한 번 써먹기 위해 사전에 미리 훈련 겸 연습을 해 본 거였다.

집에 들어가기 제4코스 : 이는 대문 밖에서 볼 때 왼쪽 집으로 들어가는 코스였다. 이 집을 통과하려면, 도랑의 다리를 건너 이웃집으로 들어가 흙담을 넘어야 했다. 그런데, 이 집을 통과하려

박덕은 作 [부지깽이]

면 곰방대 할아버지의 훈계를 한동안 들어야 했다. 그 코스가 가장 빨리 집으로 들어갈 수는 있었지만, 그건 할아버지의 눈에 안 띄어야만이 가능했다.

　예의범절을 중시하는 그 할아버지는 나를 보기만 하면 잡아다 꿇어 앉혔다. 선비가 되기 위해 지켜야 하는 법이 있다며 한참동안 훈계를 하셨다. 할아버지는 활활 타오를 줄만 아는 '나'라는 불길 사이로 부지깽이를 넣어 틈을 만들고 그 불씨가 꺼지지 않게 해주고 싶었던 것이다. 할아버지는 말씀이 다 끝나면 항상 부지깽이처럼 내 등을 토닥토닥해 주셨다.

　하여간에 요리조리 머리를 굴리며 어머니한테 들키지 않고 집에 들어가는 방법을 연구했지만 결국 나는 대문을 열고 들어가는 날이 많았다.

　하루는 아궁이 앞에 놓여 있던 몽당연필 부지깽이가 사라지고 없었다. 고들고들한 밥을 짓기 위해 제 몸을 던진 부지깽이. 그날 따라 밥은 서럽게도 엄청 맛있었다.

　어머니는 불을 뒤집다 작아진 부지깽이처럼 그렇게 10년을 병석에 누워 계시다 돌아가셨다.

　부모님 산소를 다녀오는 길에 나뭇가지를 주웠다. 부지깽이로 쓰기 딱 좋았다. 어머니의 나이가 되어 보니 어머니가 그랬던 것처럼 시들해지는 불씨를 끌어모아 자식의 불길을 다시 세우기 위해 나도 부지깽이처럼 그 길을 가고 있었다. 짧아져 더이상 불을 뒤집을 수 없을 때까지 어머니처럼 그 길을 갈 것이다.

김치

묵은 김치와 함께 놓인 배추 겉절이만으로도 밥상은 풍성했다.

툭툭 쳐 내듯 잘린 알배기배추는 접시 위에서도 여전히 풋풋했다. 생강, 멸치 액젓 등의 양념 냄새가 시장기를 어루만지듯 집안 가득했다. 톡 쏘는 마늘향에 땅거미는 가뭇없이 내려앉아 입맛 당기는 저녁이었다. 한입 베어 물자 매콤한 배춧잎이 허기진 마음을 환하게 달래 주었다.

저 신선한 배추 겉절이는 소금에 절이지 않는 상태에서 양념을 했기에, 김치라고 부를 순 없다. 겉모습이 김치와 비슷하기에 애숭이 김치라고 부르면 어떨까.

나이를 측정해 본다면, 애숭이 김치는 10대, 새 김치는 20대, 익은 김치는 30~40대, 6개월 이상된 묵은 김치는 50~60대라고 하면 얼추 맞을 것 같다.

아직은 인생의 짠맛을 모르기에 청소년기의 아이들은 자신의 생각만 주장하기 쉽다. 참기름과 통깨를 넣은 배추 겉절이처럼 세상은 마음먹은 대로 고소함이 가득해질 수 있다고 여긴다.

각자 다른 의견으로 또래 친구들과 다툼이 생길 때도 상대방의 입장을 이해하지 못한다. 애숭이 김치처럼 먼저 자신의 생각만 내세우기 쉽다.

고교 시절 나는 한 친구에게 그의 단점을 일일이 지적하면서 당장 고치라고 말했던 적이 있었다. 친구는 그 뒤로 나를 적대시하기 시작했다. 졸업할 때까지 생강처럼 매운 그 친구를 나는 받아들이지 못했다.

배추를 소금물에 하룻밤 절이면, 김치라는 이름으로 진입할 수 있는 시작점이 된다. 김치의 맛을 좌우하는 데는 알맞게 절여진 배추가 한몫을 한다. 그만큼 배추를 절이는 과정은 어렵다. 잘 절여진 배추는 배추 줄기를 구부려도 활처럼 휘어질 뿐 결코 부러지지 않는다.

인생의 짠맛을 아는 사람은 어려움 앞에서 쉽사리 주저앉지 않는다. 그러기 위해 세상이라는 소금물 속에서 자신을 내려놓고 오랜 시간을 견뎌야 한다. 가슴에 소금쩍 같은 멍이 들더라도 긴긴 밤을 견디며 그동안 살아왔던 자신의 모습을 내려놓고 새롭게 거듭나야 한다.

젊었을 때 나는 대학 등록금과 용돈을 스스로 해결하기 위해 쉬지 않고 아르바이트를 해야 했다. 한번은 남들이 받는 금액의 절반도 안 되는 알바비를 받으며 일 년가량 일한 적이 있었다. 그만

두고 싶었지만 다른 일자리를 못 구할까 봐, 차마 그만두지도 못했다.

사실 나는 아버지의 뜻을 거역하고 내가 원하는 대학에 들어갔기에, 그 어떤 경제적인 지원도 받을 수 없었다. 대학을 졸업할 때까지는 어떻게든 버텨야 했다. 그런 나를 세상이라는 소금물은 원망과 오기를 내려놓으라고 끊임없이 절이고 있었다. 하지만 끝내 내려놓지 못했다. 쓴맛이 느껴지는 절임 배추처럼 시간이 흘러도 여전히 내 삶에서는 쓴맛이 났다.

배추는 소금물 속에서 아득한 시간을 건너며 뻣뻣한 생각을 내려놓기 위해 자신의 몸을 절이고 또 절였다. 내가 여전히 붙들고 있었던 고집이나 교만까지도 미련 없이 절였다. 절여질수록 유연해지는 잎잎이 마침내 겸손해졌다. 바람이 불고 나비의 날갯짓 소리 들려도 묵묵히 소금물 속으로 젖어들었다. 대학 시절에 만났던 짜고 따가운 세상이라는 소금물은 아버지의 과욕 때문에 생긴 거라며 나는 원망만 했다.

어린 시절 어머니는 김장철이 되면 절임 배추의 물기가 빠지는 동안 양념으로 쓰일 김칫소를 준비했다. 멸치 젓갈을 듬뿍 넣은 김장김치는 해를 넘겨 여름에 먹어도 감칠맛이 났다. 젓갈은 배추가 품은 땅의 꿈이 흩어지지 않도록 바다의 시간을 끌어와 저장 기간을 늘려 주었다. 혼자서는 이룰 수 없는 꿈을 땅과 바다의 기도가 함께해 '묵은 김치'라는 새로운 맛을 창조해냈다.

나는 아버지의 도움 없이 혼자만의 힘으로 대학을 졸업했기에, 졸업 후에는 점점 더 교만해져 갔다. 젓갈처럼 바다의 기도 같은 낮은 자세의 겸손함이 없었다. 겸손함이 없는 마음씀씀이는 조화로운 만남을 지탱해 주는 힘이 약했다. 결국 지인들과 오랫동안 좋은 관계를 이어가지 못했다. 교만한 탓에, 순탄하게 일이 잘 풀리면 내가 잘나서 그런 거라 여겼다. 반면, 일이 맘먹은 대로 풀리지 않으면, 스스로를 돌아보지 않고 다른 사람에게 탓을 돌렸다. 그렇게 나는 숙성되지 못한 채로 사회생활을 꾸려가고 있었다.

김치 맛의 백미는 김치가 충분히 숙성됐을 때다. 담그는 방법과 재료에 따라 조금씩 다르지만, 유산균에 의해 발효가 시작되면 그때부터 김치는 김장독 안에서 서서히 익어 간다.

발효가 진행되는 정도에 따라 김치 맛은 각양각색이다. 잘 익은 김치는 아삭하고 새콤달콤한 맛이 난다. 잘못 발효된 김치는 쉽게 무르고 비위에 거슬린 냄새가 난다.

김치 담그는 것만큼이나 발효 과정도 중요하다. 내 삶의 발효는 어느 정도 되고 있을까라고 묻고 싶을 때가 더러 있다. 잘 익은 김치는 다섯 가지의 맛이 조화를 이뤄 인공의 과실이라 할 만큼 맛이 있다. 우리의 삶도 이렇듯 깊이 발효된다면, 오미五味의 맛이 은은히 감돌 수 있지 않을까.

내 마음에도 발효를 위한 무형의 김장독이 하나 있었다. 성장과 성숙을 꿈꾸기 위해 가슴 한켠에 마련한 작은 독아지. 저녁 하늘은 하루를 숙성시킨 노을빛처럼 은은히 깊어지라고 내게 속삭였다. 가을이면 붉게 물드는 단풍처럼 익어 가라고 부추기며 발싸심했다. 팍팍한 현실에서 깊어 가는 사원寺院처럼 숙성되기란 그리 쉽지 않았다.

박덕은 作 [김치]

　김치가 맛있게 숙성되기 위해 적합한 온도는 섭씨 15도라 한다. 내 마음의 숙성 온도는 그 15도를 유지하지 못한 채 차갑거나 뜨겁기 일쑤였다. 화가 차오르면 갑자기 뜨거워졌고, 아픔이 밀려오면 금방 차가워졌으니, 어찌 숙성인들 제대로 되었겠는가. 머릿속에서만 적정 온도의 숙성을 꿈꾸다가 말았다.

　남은 밥에 묵은 김치를 넣어 비볐다. 해를 묵힌 김치를 꺼냈는데도 아삭한 맛이 났다. 아버지가 좋아했던 김치 맛. 이번 주말에는 묵은 김치와 막걸리를 한 병 사들고 산소에 다녀와야겠다.

　어느 날 아버지는 나의 대학시절에 등록금 한 번 대주지 못해 미안하다고 했다. 아버지의 나이가 되어 보니 아버지의 마음을 조금은 알 것 같았다. 고집이 센 자식 때문에 이버지는 젓갈처럼 속이 썩어 문드러졌을 것이다. 먼발치에서 아버지는 나를 위해 늘 바다의 시간처럼 기도하고 있었다. 그 기도 덕분에 나는 무탈하게 대학을 졸업할 수 있었던 건 아닐까.

김칫국물이 밥에 스며들었다. 만남과 인연도 이렇듯 오랜 시간을 함께하며 서로에게 스며들면 고운 빛으로 발효될 것이다. 노년으로 접어들어 늦은 감은 좀 있지만, 지금이라도 묵은 김치처럼 맛있게 익어 가고 싶다. 누군가 이렇게 말했다.

"인생은 늙어 가는 것이 아니라 익어 가는 것이다."

잘 익은 인생은 묵은 김치처럼 풍미가 나는 법이다. 이제라도 설익은 생각과 말을 숙성시켜야겠다. 고단했던 생生의 사연들을 하나씩 꺼내 가슴 한켠에 마련한 김장독에 담아둬야겠다.

배앓이

꿈속에서 심한 복통에 시달리다가 잠이 깼다. 복통은 꿈속에서만 진행되는 게 아니었다. 잠의 아가리 속에서 튀어나온 맹독성의 뱀에 물린 듯 현실에서도 창자가 찢어질 듯 아팠다.

화장실로 갔다. 설사이기를 바랐지만 그것도 아니었다. 토해 보려고 손가락을 입속으로 집어넣어 보았지만 어림없었다. 침대로 돌아와 누웠으나 복통은 좀처럼 가라앉지 않았다. 통증은 끌 수 없는 불길이 되어 내 몸뚱이까지 집어삼킬 듯 거칠게 타올랐다. 금방이라도 죽을 것만 같았다.

시계를 보니 새벽 3시 45분이었다. 잠시 망설였다. 119를 부를까 하다가 동네가 시끄러워질까 봐 접었다. 우선 옷부터 주섬주섬 주워 입었다. 대문을 나서자마자 차에 올라 시동을 걸었다. 운전대를 잡았는데 또다시 배가 찢어질 듯 아파 왔다. 몸을 웅크리며 통증을 견뎠다. 날카롭게 찌르는 통증은 숨소리조차 잘게 부수고 깨뜨려 기어이 끝장내겠다며 거칠게 달려들었다. 식은땀이 흘렀다. 한밤중이라 자식들에게 전화를 할 수는 없었다. 어떻게 해서든 대학병원 응급실로 가야 했다. 출발은 했으나, 정작 내 차는 가까운 응급실로 향하고 있었다.

문득 식혜가 떠올랐다. 식혜를 한 컵만 마시면 금방 나을 것 같았다. 어릴 적 명절이면 어머니는 엿기름물을 된밥에 부어 따끈

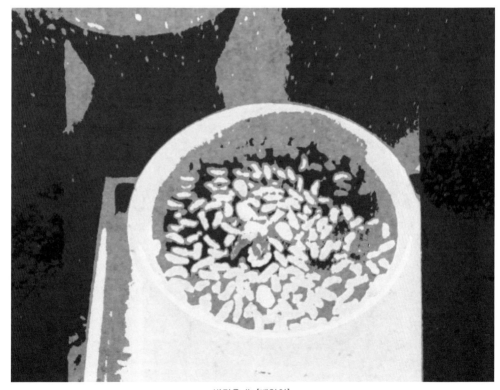

박덕은 作 [배앓이]

한 아랫목에 묻어 두었다. 그리고는 밥알이 삭혀질 때까지 기다렸다. 음식을 잘못 먹어 배탈이 나 누워 있는 나에게 어머니는 식혜를 마시라며 갖다 주었다. 그 식혜를 마시면 거짓말처럼 배앓이가 사라졌다.

나는 식혜 속의 하얀 밥알이 동동 떠 있는 게 신기했다. 가벼운 밥알의 힘이 배앓이를 낫게 했다는 사실이 놀라웠다.

하루는 밥을 먹다가 밥이 조금 남았을 때 밥그릇에 물을 부었다. 수저에 밥알 한 톨을 올려 이리저리 움직인 후, 물 위에 띄워 보았다. 밥알은 물에 뜨지 않고 곧바로 가라앉았다. 이번에는 크기가 작은 밥알을 물 위로 띄워 보았지만 역시 실패했다. 식혜 속의 하얀 밥알처럼 동동 뜨게 하고 싶었지만 잘 되지 않았다. 밥알 한 톨이 가벼워지기 위해서는 제 무게만큼의 욕심을 버리고 기다림을 익혀야 한다는 것을 그 당시에는 몰랐다.

병원 응급실에는 간호사 세 명이 앉아 있었다. 배가 찢어질 듯 아파서 왔다고 하자, 간호사가 숙직실로 가서 의사를 깨웠다. 몸집이 좋은 의사가 부스스한 얼굴로 나와 의자에 앉았다.

나도 그 곁에 앉았다. 그는 나의 상태에 대해 대충 듣더니 컴퓨터 앞에 앉아 자판을 두드렸다.

"혹시 췌장암인가요? 왜 창자가 찢어질 듯 아프죠? 수술해야 할까요?"

의사는 나의 질문이 못마땅한지 헛기침을 몇 번 했다. 하지만 그의 손가락은 여전히 자판 위에 올라앉아 있었다. 묵묵히 어떤 양

식에 뭔가를 적고 있었다.

"암이면 어쩌죠? 오늘 곧바로 수술해야 하나요? 식구들에게 연락을 해놓을까요?"

의사는 무표정한 얼굴로 나를 흘겨보더니 한마디 툭 내던졌다.

"배에 가스가 가득 차서 그래요. 처방전대로 약 드시면서, 하루 굶으면 됩니다."

의사는 말이 끝남과 동시에 자리에서 일어나 숙직실로 들어가 버렸다. 나는 어이가 없었지만 천만다행이라며 안도의 숨을 내쉬었다.

배에 가스가 찼다는 의사의 말에 엊그제 먹었던 피조개가 떠올랐다. 동아리 후배에게 기쁜 일이 있어 축하 자리를 갖기 위해 우리는 식당으로 갔다.

먹음직스런 피조개가 접시에 가득 담겨 식탁에 올라왔다. 두 눈이 크게 떠지고 입맛이 당겼다. 바다를 단단하게 잡고 있는 피조개를 맛보기 위해 바삐 젓가락을 들었다.

파도 소리 들어찰수록 단맛 깊어진 피조개들이 접시에 담겨 연이어 나왔다. 젓가락은 뱃속이 두둑해질 때까지 분주하게 움직였다.

시각이 이끄는 욕심의 손놀림은 쉴 새가 없었다. 피조개의 맛이 이상하다는 것도 욕심에 가려 느끼지 못했다. 눈에 보이는 쫀득한 맛에 홀려 먹는 것에만 몰두했다. 그렇게 식욕에 대한 욕심을 걸러내지 못해 배탈이 났던 것이다. 어찌 보면 어머니는 걸러내고 삭혀진 식혜처럼 욕심을 잘 다스려야 삶이 편안해질 수 있다고 말해 주고 싶었던 것은 아닐까.

나는 종종 눈에 보이는 것에 마음을 빼앗겨 평정심을 잃고 스스로 불만을 쌓기도 했다. 아무런 불편함도 없이 내 차로 출퇴근을 하던 어느 날, 멋져 보이는 타인의 승용차가 눈에 들어왔다. 그때부터 내 차에 대한 감사함을 잃은 채 불평만 쏟아냈다.

문짝도 볼품없고 타이어도 낡아 마음에 들지 않았다. 심지어 내 차를 팔고 새 차를 사고 싶어 고민까지 했다. 마음의 배앓이를 일으키는 욕심 때문에 일순간 내 삶은 망가져 버렸다. 눈을 통해 들어오는 정보를 필터링하지 않으면 마음에 독가스가 차 불평불만이라는 배앓이를 하게 된다.

주사를 맞은 탓인지 복통은 조금 가라앉아 참을 만해졌다. 집으로 돌아와 침대에 누우니 아침 6시 30분이었다.

하루만이라도 의사의 말처럼 금식하며 몸에 쌓인 독을 걸러내야 했다. 인생은 해로운 독을 얼마나 잘 걸러내느냐에 따라 삶이 달라진다.

어머니는 식혜를 만들기 위해 먼저 엿기름을 물에 담가 우려 낸 다음, 체로 찌꺼기를 걸러냈다. 사실 식혜의 감칠맛을 좌우하는 건 엿기름이다. 엿기름 속의 효소가 밥에 작용해 독특한 맛을 내기 때문이다.

식혜 만들 때 엿기름이 필요하듯이 우리의 눈도 살아가는 데 있어서 꼭 필요하다. 보이는 것을 마음의 체로 거르는 필터링 작업을 반드시 해야 한다. 엿기름 찌꺼기를 체로 걸러내듯 욕심이나 질투

와 같은 것들을 잘 걸러내야 한다. 걸러냄의 작업을 못하면 찌꺼기들이 쌓여 마음의 병이 생긴다.

오전부터 강의가 있어 잠시 눈만 붙이고 일어나 출근 준비를 했다. 피곤했지만 병원이 아닌 일상으로 돌아올 수 있어서 오히려 바쁜 출근길에 감사했다. 전날 잠을 못 자 강의하는 게 힘들었지만 그마저도 고마웠다. 그 감사의 마음으로 오후 강의와 야간반 강의까지 해냈다.

인생은 식혜와 닮은꼴이 많다. 산다는 것은 늘 걸러냄과 삭힘과 기다림의 연속이다. 잘 걸러낸 엿기름의 웃물만을 가만히 따라서 밥에 부은 후, 대여섯 시간을 기다리면 밥알은 어느새 가벼워져 동동 뜬다.
나는 엿기름의 웃물과 같은 '감사함'으로 하루를 보내며 마음과 몸이 가벼워질 때까지 기다렸다. 걸러내지 못한 욕심으로 생긴 병이 낫기를 소망하며.

약불

    이사한 지 한참이나 지났는데 구석진 곳에서 여태 풀지 못한 박스가 눈에 띈다.

    열어 보니 낡은 냄비 하나가 박스에 엉거주춤 앉아 있다. 뒤죽박죽된 세간살이에 끼어 숨쉬기가 힘들다는 듯 찌그러져 있다. 온몸이 증발될 만큼 모진 불꽃을 받아내며 그을렸던 지난날이 떠올랐는지 검게 탄 자국이 선명하다. 닦아도 잘 지워지지 않을 것 같은 누런 냄새의 냄비.

    소박맞은 여자처럼 새것에 밀려 궁상스럽게 앉아 있는 모습에 괜스레 뒤통수가 가렵다. 가스렌지에 냄비를 올려놓고 불 조절을 잘 해야 하는데 빨리 끓이고 싶어 센 불로 했던 게 문제의 시작이다.

    익힘의 정도가 달라질 때마다 불의 세기를 조절해야 하는데 앞만 보고 달리는 세상처럼 욕망의 속도를 늦추기란 좀처럼 쉽지 않다.

불의 힘에 억눌려 바닥이 벌겋게 눌어붙는 동안 도마에서 베어진 소리는 쉴 새 없이 닳아지고 졸아든다. 욕망의 또 다른 이름인 분노를 조절하지 못해 그을린 자리는 무겁고 검다.

타오르는 불꽃을 조절한다는 것은 극한으로 치닫는 분노를 추스리는 것이어서 늘 어렵다. 사는 동안 힘을 빼 본 일이 거의 없어 더 그런가 보다.

칠 남매 중에 셋째였기에 여러 형제들의 틈바구니에서 치이기 일쑤였다. 어릴 때부터 목소리의 힘을 키워야, 가족과 주변 사람들은 귀를 기울여 주었다. 고집이 세서 늘 목이 마른 사춘기 시절에도 아버지에게 반기를 들며 대들었던 날이 많았다.

꿈으로 뜨거워지는 대학교에 들어간 뒤에도 선배의 말을 잘 따르지 않았다.

ROTC에 들어가고 얼마 안 된 어느 날, 선배는 무작정 모이라고 했다. 수업을 빼먹을 수 없었기에 수업을 다 받은 뒤 집합 장소로 갔다. 선배는 명령에 불복종했다며 몽둥이로 엉덩이를 때렸다.

며칠 뒤 또다시 일방적으로 모이라고 했다. 화가 난 나머지 굳이 챙기지 않아도 되는 수업까지 다 체크하며 들었다. 그러기를 여러 번 반복했지만 퍼렇게 멍들어 부어오른 엉덩이가 터질 때까지 고집은 꺾어지지 않았다.

결과적으로 수업은 하나도 놓치지 않고 끝까지 받았지만 선배들로부터 미운털이 박혀 대학 생활 내내 힘들었다. 다른 사람의 지시나 간섭을 받아들이지 못하고 쉽게 화내는 성격 때문이었다.

상황이 벌어지는 그 순간 나도 모르게 분노에 휩싸였다. 상대방의 입장을 생각해 보기도 전에 잔뜩 힘을 준 채 모든 상황을 깨부수고 싶어 막무가내로 들이받았다.

욕망이라는 불의 강도를 '강'이 아닌 '중'이나 '약'으로 맞추며 살았더라면 분노에 짓눌려 헉헉거리는 날이 조금은 줄어들었을 것이다.

분노는 변화에 대한 욕망이기에 변화를 이끄는 성장 속에 있어야 한다. 그러기 위해서는 반드시 상대방에 대한 존중이 밑바탕에 깔려 있어야 한다. 하지만 나는 나에 대한 존중 없이 이루어진 명령에는 적극 분노했지만 타인에 대한 존중은 턱없이 부족했다.

센 불로 끓이다 보면 냄비 손잡이까지 다 타 버려 급한 손길은 화상을 입고 물집이 잡혀 온통 상처투성이가 됐다. 오랜 시간 시커멓게 뚫린 흉터 자국을 메우기 위해서 힘겹게 지내야 했다.

나는 늘 혁명을 꿈꾸었다. 고열의 불판 위에서 억지스런 세상을 뒤집고 싶었다. 정지된 울분을 토해내고 싶어 날카로운 칼에 베어진 타인의 시선들을 냄비에 넣고 센 불을 켰던 것이다.

하지만 분노가 나를 삼켜 버렸다. 짧은 시간에 연기처럼 타 버린 비명 같은 냄새는 바로 나였다. 나에 대한 존중이 없어 분노했는데 정작 스스로에 대한 존중마저 저버리고 말았다.

비명 같은 냄새가 노년을 넘어선 지금까지도 코끝 어딘가에 머물러 있다. 아주 오래된 누런 자국의 찌그러진 냄비처럼.

어머니는 섬에 있는 아버지의 빈자리까지 대신하며 농사를 지어 칠 남매를 키웠다. 진한 아픔이 묻어나는 한 바가지의 서러움을 짊어진 채 아궁이 앞에서 혼자 운 날도 허다했다.

하지만 어머니는 어머니가 먼저 단단해져야 했기에 분노를 다독였을 것이다. 사랑의 불을 지피기 위해 욕망의 불을 조절했던 어머니. 어쩌면 이 땅의 어머니들은 불의 딸로 태어난 것 같다.

어머니가 끓여준 곰국은 불 조절이 잘돼 늘 감칠맛이 났다. 애면글면 붙어 있는 질척한 욕망들이 허물어지게, 뭉근하게 끓인 곰국은 마당에 들어선 허기진 발걸음을 환하게 해주었다.

약불로 저녁을 연 어머니의 뽀얀 국물은 어린 자식들의 서투른 분노를 맑게 우려내 주었다. 욕망처럼 단단한 뼈다귀가 희고 물렁해질 때까지 어머니는 밤새도록 곰국을 고았다. 약하고 더디지만 뭉근하게 타오르는 약불이 뼛속에 박힌 아픔까지 녹여냈기에 아버지는 곰국을 마시며 시원하다고 말했던 것은 아닐까.

짠맛도 단맛도 아닌 개운하고 시원한 맛을 뽀얗게 우려낼 줄 아는 약불. 그 불길을 따라가다 보면 욕심껏 취하기 위해 서두르지 말고 느린 걸음이지만 멈추지 말고 가라는 무언의 말씀이 들리는 것 같다.

2016년 늦가을부터 시작된 촛불혁명은 다음해 봄까지 6개월에 걸쳐 분노를 노래로 탈바꿈시키며 타올랐다. 삼삼오오 모여 혁명의 속살 같은 촛불을 켜고 어둠의 정면을 한사코 응시했다.

차가운 아스팔트 위에서도 꺼지지 않는 가느다란 불꽃. 어둠의 뿌리가 사라질 때까지 서로의 젖은 어깨 걸고 추운 길을 나서며 촛

박덕은 作 [약불]

불의 붉은 깃발로 써 내려갔다.

촛불이 드디어 진검승부를 펼쳤다. 진정한 혁명가가 되어 검은 눈보라 같은 낡은 권력을 차례차례 베어 무너뜨렸다. 다 함께 존중 받는 세상을 꿈꾸었기에 날이 선 칼바람을 넘어 방향을 잃지 않고 겨루었던 것이다.

올겨울에도 어김없이 터미널 앞으로 마음의 촛불을 켜는 사람들이 모여들 것이다. 가파른 계단을 오르며 혁명을 꿈꾸는 작은 불꽃들이 파랗게 언 손을 비비며 나타날 것이다. 종소리에 맞춰 꺼지지 않는 불길을 만들어 구세군 자선냄비를 뜨겁게 달굴 것이다. 그날 밤은 따뜻한 이불을 펼치듯 함박눈이 내릴 것이다.

뒤틀린 시간을 팽팽히 붙잡고 있는 박스에서 낡은 냄비를 꺼내 철수세미로 박박 씻는다. 말끔히 목욕을 마친 냄비는 내 탓을 하며 서운할 법도 한데 거뜬히 지구라도 담을 수 있다는 듯 웅숭깊다. 다시 한 번 기회를 주겠다는 듯 배짱 좋게 서 있다.

냄비에 고구마를 담고 불을 켠다. 분노라는 불꽃을 다스리는 일이 약불을 켠다고 해서 드라마틱하게 완성되는 것은 아니다.

다만 다 함께 존중 받는 세상을 꿈꾸는 촛불처럼 꺼지지 않는 불씨를 만들고 싶다.

군고구마가 맛있게 구워지면 저녁 모임에 가져갈 것이다. 집안 가득 달짝지근한 냄새를 파릇파릇 켜는 약불이 설렌다.

질경이처럼

동네 사람들은 날아오는 총알을 피할 수 있도록 이불을 둘러써
야 한다고 했다. 그래야 살 수 있다고.

밖으로 나가면 맞아 죽는다는 말이 들렸지만 나는 서둘러 집을
나섰다. 계엄군들이 광주 시민을 무자비하게 짓밟고 있다는 말에
그대로 앉아 있을 수는 없었다. 흉흉한 소문들이 골목을 휩쓸고 다
녀 봄은 위태롭게 지고 있었다.

버스 운행이 중단된 탓에 전남도청까지 걸어가야 했다. 길옆에
서는 드럼통으로 만든 화덕에서 몸뻬 차림을 한 아줌마들이 번갈
아 불을 때며 밥을 하고 있었다. 시민군들이 보이면 주먹밥을 나
눠줬다.

독재라는 어둠 속에서 시한폭탄 같은 길을 건너기 위해 시민들
은 서로의 손을 부여잡고 있었다. 뼈가 시릴 만큼 울음과 분노로

뒤범벅이 된 아픔을 서로 감싸 주었다. 짓밟히면 짓밟힐수록 질긴 숨소리로 뻗어 나가며 무리 지어 다시 일어서는 질경이처럼.

2017년 문재인 대통령은 '세계 시민상'을 수상하는 자리에서 수상 소감을 이렇게 말했다.

"1980년 5월 대한민국 남쪽 도시 광주에서 한국 민주주의 역사에 전환점이 된 시민 항쟁이 일어났습니다. 가장 평범한 사람들이 가장 평범한 상식을 지키기 위해 목숨을 걸었습니다."

가슴이 울컥했다. '가장 평범하다'라는 그 말이 아리고 쓰렸다.

어린 시절 우리집은 토끼를 10여 마리 키웠다. 학교에서 집으로 돌아오는 길에 질경이를 뜯어 와 토끼에게 주곤 했다. 가장 흔하고 평범한 게 질경이였다. 하지만 그 평범하다는 질경이는 수레바퀴 밑에서 온몸이 짓이겨지면서도 살아남은 잡초였다.

으깨질수록 다시 일어나 더 푸르고 싱싱하게 잎을 틔워 단물 차오르는 꿈을 노래하고 있었다. 계엄군의 과잉 진압에 짓밟힐수록 다시 일어서는 광주 시민들처럼.

그 당시 5·18 현장에서 내가 직접 눈으로 확인한 시신이 무려 58구나 되었다. 민주주의의 밑불이 되어 사라진 푸른 목숨들이 상무대의 차가운 바닥에서 태극기를 두르고 관 속에 누워 있었다.

관 앞에는 가장 평범하다는 상식이 그 어디에도 없었다. 광주의 봄은 잔인하게 학살당하고 있었다. 총소리를 물고 있는 바람이 휘몰아쳐 참혹한 진실만 소름처럼 돋고 있었다.

창문을 읽다

나는 무작정 넋 놓고 있을 수만은 없었다. 무너진 자리에서 주 저앉으면 다시는 일어설 수 없기에 제자리걸음처럼 보일지라도 일어서야 했다.

나는 시민군을 따라 시내 외곽으로 나가 상황을 살피기도 했 다. 하루는 계엄군과 대치하고 있는 시민군에 합류해 언덕에 엎 디어 있었다.

그 이튿날 나는 도청으로 나갔다. 누군가의 가족이, 누군가의 이웃이 한마음으로 모여들었다. 그렇게 벼랑 끝으로 몰린 걸음을 서로 붙잡아 주며 버티고 있었다. 하나된 그 힘으로 광주는 민주

박덕은 作 [질경이처럼]

주의 역사를 새롭게 써 나갔다. 지식인 중심이 아닌 민중의 이름으로 새로운 변화를 이끌어 갔다.

그 민중의 이름으로 쓴 5·18 정신이 2016년에 다시 타올랐다. 우리 민중의 유전자 속에는 자유와 민주주의를 향한 끝없는 열망이 늘 내재되어 있었던 것이다.

그해 겨울부터 시작된 촛불 혁명은 이듬해 봄까지 타올랐다. 나라를 나라답게 만들자며, 이 나라의 주인은 국민이라며 모두 한목소리를 냈다. 분노를 희망의 노래로 탈바꿈시키며 꿈을 얘기했다. 광장에 모여 혁명의 속살 같은 촛불을 켰다. 차가운 아스팔트 위에서 서로의 추운 어깨 감싸며 꿈을 써 내려갔다.

2017년 봄, 마침내 우리 민중은 부패한 권력을 무너뜨렸다. 인권과 자유가 억압받지 않는 평범한 사람들의 평범한 일상을 되찾아, 다 함께 존중 받는 세상을 위한 첫 관문을 열었다.

1980년 5월 광주 시민들의 희생이 없었다면 촛불혁명도 오늘의 나도 없었을 것이다. 그 시절 계엄군에게 수많은 청년들이 짓밟혔다. 파괴당한 광주는 밑동이 처참하게 꺾여 피돌기를 멈춘 나무와 같았다.

아직까지도 가슴 아프게 떠오르는 기억이 있다. 흰색 블라우스를 입은 아가씨가 계엄군들에게 붙잡혀 어디론가 끌려가고 있었다. 순간 나와 눈길이 마주쳤는데 그녀는 울고 있었다.

그해 봄은 심장 깊숙이 박힌 울분으로 붉게 울었다. 지금도 흰색 블라우스를 입었던 그녀 또래의 아가씨를 보면 가슴이 철렁 내려앉곤 한다.

며칠만 지나면 추석이다. 사는 게 바쁘다는 핑계로 한동안 가보지 못한 망월동 5·18묘역을 이번에는 꼭 가야겠다. 가서 고맙고 미안하다고 말해야겠다.

당신이 걸었던 그 길이 이제는 별이 되어 우리들의 가슴에서 빛나고 있다고. 아무리 힘든 시련이 닥쳐와도 질경이처럼 꿋꿋하게 일어나 5·18 정신을 이어가겠노라고.

옻칠 입힌 짝사랑

어릴 적 할머니 방에는 옻칠된 반닫이장이 있었다. 방충 효과가 있다는 반닫이장에 한복이며 소중한 물건들을 넣어두었다. 옻칠을 하면 방수, 방부 효과도 있어 썩지 않는다고 말해 주었다.

할머니의 이야기를 들으며 난 엉뚱하게도 짝사랑이라는 감정에 옻칠을 하고 싶었다.

국민학교 때 무려 6년간이나 짝사랑했던 아이가 있었다. 마을에서 좀 떨어진 밤동산 바로 옆에 집 한 채가 있었고, 거기에 내가 좋아하는 동갑내기 여학생이 살고 있었다.

국민학교 교사였던 아버지는 남해안 섬학교에 재직하고 있었다. 토요일에 한 번씩 집에 오는 아버지의 손에는 늘 과자봉지가 들려 있었다. 형제가 7명이라서 내게 할당된 과자의 양은 그리 많지 않았다. 그걸 나는 단 한 개도 빼먹지 않고 내 짝사랑에게 갖다 바쳤다. 무려 6년 동안이나……

국민학교 4학년 봄소풍이 문제였다. 산을 넘어가는 소풍길에 나는 나뭇가지 하나 끊어 입에 넣고 잘근잘근 씹고 갔다. 뜸물이 나와 달짝지근했다. 나중에 보니 그건 옻나무였다.

우리는 그걸 '오돌나무'라고 했다. 그 뜸물을 삼켜대고 만지고 땀 닦고 했으니, 어떻게 되었겠는가. 소풍을 다녀온 그날 밤부터 내 몸은 퉁퉁 붓기 시작했다. 옻이 오른 것이다. 몸의 속과 밖이 동시에 부어올랐다. 내 몸은 어느새 완전히 퉁퉁한 복어가 되어 있었다.

엄마의 노력은 그야말로 눈물겨웠다. 시골 한약방은 다 돌아다녔다. 그런데도 부기는 빠질 기미가 보이지 않았다.

나는 안방에서 마루로 쫓겨났고, 심지어 헛간에 가마니 깔고 그 위에 누워 있는 신세가 되었다. 지금 생각해 보니, 팅팅 부어 있는 내 몸이 혹시 어린 동생들에게 어떤 영향을 주지 않을까 염려해서, 내가 헛간행 신세가 되지 않았나 생각은 들긴 하지만 아무튼 그때는 매우 가슴이 언짢았다.

칠흑 같이 깜깜한 나날이 계속되었다. 겉면에 무엇을 바를 때 흔히 '칠한다'라는 표현을 쓴다. 깜깜한 어둠을 '칠흑 같다'라고 하는데 이 말도 역시 옻칠과 관련이 있으리라. 그 당시 나의 마음은 온통 상처 난 칠흑이었다.

헛간에는 쌓아 논 잿더미와 퇴비가 쌓여 있었다. 낮에는 괜찮았지만, 밤에는 좀 무서웠다. 족제비, 너구리, 쥐 등등, 왔다갔다 하는 염탐꾼들이 있었기 때문이다. 그래도 어쩌겠는가. 다 경솔

한 내 탓인걸!

무려 보름이 지났는데도, 내 몸의 부기는 도무지 빠질 줄 몰랐다. 학교도 빠지고, 맨날 천장만 무료하게 쳐다보며 팅팅 부은 알몸으로 마냥 누워 있어야만 했다. 간혹 들여다보며 먹을 것을 갖다 주는 엄마가 그저 고마울 뿐이었다.

그때까지만 해도 나는 어떻게든 나아서 억척같은 새 삶을 살고 싶었다. 학교도 열심히 다니고 지각도 안 하고 싶었다. 그런데, 방정맞은 그 하루가 나를 엉망으로 만들고 말았다.

박덕은 作 [옻칠 입힌 짝사랑]

그 하루! 그날 초라하고 창피한 헛간으로 내 짝사랑이 병문안을 왔다.

아뿔싸!

그 애의 병문안을 나는 꿈에도, 아니 상상조차 하지 못하고 있던 터라, 헛간의 내 알몸을 채 피할 겨를이 없었다.

"괜찮니?"

그 애의 이 한마디! 너무나 창피했다. 나는 그저 죽고 싶은 심정뿐이었다. 쥐구멍이 왜 필요한지 나는 온몸으로 절절절 체득하고 있었다.

그 애의 병문안 이후, 나는 엄마가 이따금 가져다주는 간식이나 끼니를 일절 거절했다. 정말 살고 싶지 않았다. 내 인생이 다 무너져 내린 것 같았다.

짝사랑했던 마음까지 옻이 올라 가려움증과 함께 물집이 잡히고 열이 났다. 고열로 인해 호흡 곤란이 와서 숨쉬기조차 힘들었다.

그로부터 며칠 후, 불행히 내 몸의 부기는 빠져 건강한 몸을 회복했다. 그리고는 지금까지 잘살고 있긴 하지만, 그때 겪었던 창피함은 아직도 그대로 내 피부에 옻칠처럼 남아 있다.

내 짝사랑은 아이를 넷이나 낳고 멀리서 잘 살고 있다고 한다.

난 아직도 싱글이다. 국민학교 때의 창피함을 고스란히 안고 살아가는 싱글!

비록 내 짝사랑은 열매를 맺지 못했지만, 그래도 괜찮다. 내가 아직 살아 있고, 내 짝사랑도 여전히 살아 있고, 내 창피함도 이렇게 팔팔하게 살아 있으니 말이다.

얼마 전 옻칠 공예품의 휴대폰 케이스를 선물로 받았다. 소중한 인연들이 사소한 오해에 좀먹혀 틀어지지 않도록 옻칠된 핸드폰, 인연의 끈 같은 핸드폰이 늘 내 손에 있으니 행복하다. 할머니의 반닫이장 같은 그 핸드폰 저 안쪽에 아름다운 추억들을 켜켜이 담아 놓아야겠다.

어, 밖에 눈이 오나 보다.

눈이 무릎까지 쌓이면 학교에 오지 말라던 선생님. 그날 마당에 나가 측정을 해봤는데 분명 쌓인 눈이 무릎에 닿지 않았다. 그래서 달려간 학교, 그날 교문은 무심히 닫혀 있었다.

오늘같이 눈이 오는 날이면 왜 하필 그날이 덩그레 떠오르는 것일까. 그리고 어김없이 따라 떠오르는 내 짝사랑의 얼굴!

아이쿠, 강의 시간에 늦겠다! 혹시 오늘 휴강 아닐까 몰라.

창문을 읽다

교도소 글쓰기반

　대학 문학개론 시간을 맡아 들어간 첫 시간에 깜짝 놀라지 않을 수 없었다. 1,000여 명이 들어가는 강당이 수강생들로 꽉 차 있었다. 대부분 신입생들이었다. 그 중 눈에 띄는 몇 분, 한복 차림의 중년 여성들이 있었다. 이분들은 한 학기 동안 개근할 정도로 성실성을 보였다.

　나중에 알고 보니, 이들은 신입생들의 학부모들이었다. 딸이나 아들의 문학개론 시간에 같이 와서 문학을 공부하는 '문학소녀' 출신 엄마들이었다.

　가을 학기에는 이들만 따로 모아 어른들만의 글쓰기반을 시내에서 운영하게 되었는데, 이 소문을 들은 교도소 소장이 하루는 전화를 걸어왔다.

　"교도소 내에 독서반 겸 글쓰기반을 만들려고 하는데, 와서 지도해 주실 수 있을까요. 물론 재능 기부로……."

결국 이 '재능 기부'라는 말에 거절할 수가 없었다. 하지만, 마음속으로는 크게 부담을 느끼지 않을 수 없었다. 주로 대상이 무기 징역수나 사형수였기 때문이었다.

무거운 발걸음은 몇 번의 철문 여닫는 소리에 짓눌려 깜짝 깜짝 놀랐다. 그런데 막상 수업 시간은 달랐다. 반전에 또 반전이었다.

교도소 내 글쓰기반은 마치 어린이 교실 같았다. 정말 아주 자그마한 웃음거리에도 크게 웃어 주었고, 눈 초롱초롱, 귀 쫑긋쫑긋, 마지막까지 활기찬 시간이 이어졌다.

교도소장의 특별 배려로 빵이나 과자를 수업 시간에 나눠 먹을 수 있게 되어 더욱 분위기가 밝았다. 시간이 흐를수록 교도소 글쓰기반은 수가 더 늘어났다. 처음에는 30여 명이었는데, 나중에는 100여 명으로 쑤욱 늘어났다.

수업 방식은 절반은 문학 이론, 글쓰기 기법, 나머지는 수강생들이 써 온 글을 다듬어 주는 시간으로 채워졌다.

놀라운 것은 꾸준히 글을 써오는 그 성실함이었다. 대부분 과거 재미있는 추억들이 위주였다. 때론 왜 실수를 했을까 하는 후회가 담긴 글들도 더러 있었다.

교도소 글쓰기반의 수업이 진행될수록 내 가슴에는 작은 변화들이 일어났다. 죄를 지어 교도소에 들어온 사람과 교도소 밖에 있는 사람 사이에는 아주 작은 차이밖에 없다는 사실. 그게 바로 '홧김에'라는 차이였다.

교도소 글쓰기반의 글 내용 중에는 주로 '홧김에' 저지른 실수 담들이 많았다.

　　그동안 나는 아내나 자식들에게 또는 친구들에게 버럭 화를 낼 때가 많았다. '홧김에' 하지 않아야 할 소리도 내지르곤 했고, 거친 행동을 할 때도 많았다. 이 점을 깊이 반성하지 않을 수 없었다.
　　물론 시간을 따로 내어 꼬박꼬박 교도소 내로 들어가 교도소 글쓰기반을 지도하는 수고로움이 약간의 부담이 되기도 했지만, 그 수업을 하는 과정에 내 자신이 꽤나 성숙해진 것 또한 부인할 수 없는 열매 중 하나다.
　　그때를 추억하며, 나는 지금도 사회에서 주로 어른들을 대상으로 하는 '문예창작반'을 지도하고 있다. 올해 460여 명째 작가를 배출하고, 이들이 전국구 문학상을 900여 개나 타는 모습을 보며 즐거운 나날을 보내고 있다.
　　내 목숨이 다하는 날까지, 사람의 마음을 순화시켜, '홧김에' 일을 저질러 후회하는 삶을 살지 않도록 이끄는 일에 앞장서고 싶다.

박덕은 프로필

☎010-4606-5673

* 전남 화순 출생
* 전북대학교 문학박사
* (전)전남대학교 교수
* (전)전남대학교 국어국문학과장
* (현)한실문예창작 지도 교수
* 시인
* 소설가
* 문학평론가
* 희곡작가
* 동화작가
* 수필가
* 시조시인
* 동시인
* 사진작가
* 사진작품 전시회 1회
* 화가
* 박덕은 서양화 개인전 3회
* 박덕은 서양화 초대전 3회
* 박덕은 서양화 단체전 28회
* 서울 인사동 인사아트프라자 갤러리 서양화 개인전
* 남촌미술관 박덕은 서양화 초대전
* 정읍시 박덕은 교수 서양화 초대전
* 광주 패밀리스포츠파크 갤러리 박덕은 서양화 초대전
* 대한민국문화예술인총연합회 추천작가
* 대한민국유명작가전 초대작가
* 2021 제주국제미술관 유채꽃 미술대전 대상 수상
* 2021 대한민국 나비미술대전 한국예총상 수상
* 제12회 3·15 미술대전 서양화 입선 수상
* 2021 대한민국 생활미술대전 서양화 특별상 수상
* 2021 대한민국 생활미술대전 서양화 입선 수상
* 제10회 국제기로 미술대전 서양화 금상 수상
* 제6회 무궁화서화대전 서양화 금상 수상
* 제6회 무궁화서화대전 서양화 특선(1) 수상
* 제6회 무궁화서화대전 서양화 특선(2) 수상
* 제19회 대한민국 회화대상전 서양화 특별상 수상
* 제19회 대한민국회화대상전 서양화 특선 수상
* 제41회 국제현대미술대전 서양화 동상 수상
* 제41회 국제현대미술대전 서양화 입선(1) 수상
* 제41회 국제현대미술대전 서양화 입선(2) 수상
* 제41회 국제현대미술대전 서양화 입선(3) 수상
* 제41회 국제현대미술대전 서양화 입선(4) 수상
* 제13회 국제친환경현대미술대전 서양화 특선 수상
* 제13회 국제친환경현대미술대전 서양화 특선 수상
* 제38회 대한민국신미술대전 서양화 특선 수상
* 제56회 인천 미술대전 서양화 입선 수상
* 2020 음성 명작페스티벌 회화 동상 수상
* 제1회 청송야송 미술대전 서양화 특선 수상
* 제16회 온고을 미술대전 서양화 특선 수상
* 제5회 무궁화 서화대전 서양화 금상 수상
* 제41회 현대 미술대전 비구상 입선 수상
* 제41회 현대 미술대전 사진 특선 수상
* 제1회 청송야송 미술대전 서양화 특선 수상
* 제13회 힐링 미술대전 서양화 입선 수상
* 제52회 전라북도 미술대전 서양화 특선 수상
* 제6회 모던아트 대상전 서양화 특선 수상
* 제5회 무궁화 서화대전 서양화 동상 수상
* 제5회 무궁화 서화대전 서양화 특선 수상
* 제8회 아트챌린저 서양화 특선(1) 수상
* 제8회 아트챌린저 서양화 특선(2) 수상
* 제30회 어등 미술대전 서양화 입선 수상
* 제48회 강원 미술대전 서양화 특선 수상
* 제48회 강원 미술대전 서양화 입선 수상
* 제36회 무등 미술대전 서양화 입선 수상
* 제24회 관악 현대미술대전 서양화 입선 수상
* 2020 예까마을 미술대전 서양화 입선 수상
* 제1회 천성 문화예술대전 서양화 특선 수상
* 제1회 천성 문화예술대전 서양화 입선 수상
* 한국시연구회 이사
* 한국아동문학 동화분과위원장
* 녹색문단 이사
* 새한일보 논설위원
* 문학사랑신문 고문
* 한국노벨재단 이사
* 공로훈장 수상
* [뉴스투데이](2010년 5월호) 커버스토리
* [위대한 대한민국인](2020년 10월호) 커버스토리
* 부드런 문학회 지도 교수
* 향그런 문학회 지도 교수
* 푸르른 문학회 지도 교수
* 팀스런 문학회 지도 교수
* 싱그런 문학회 지도 교수
* 둥그런 문학회 지도 교수
* 온스런 문학회 지도 교수
* 떠오른 문학회 지도 교수
* 포시런 문학회 지도 교수
* 꽃스런 문학회 지도 교수
* 꿈스런 문학회 지도 교수
* 예스런 문학회 지도 교수
* 참다운 문학회 지도 교수
* 씨밀레 문학회 지도 교수
* 바로 문학회 지도 교수
* 전국 박덕은 백일장 개최
* [중앙일보] 신춘문예 문학평론 당선
* [전남일보](現광주일보) 신춘문예 동화 당선
* [새한일보] 신춘문예 시 당선
* [동양문학] 신춘문예 시 당선
* [창조문학신문] 신춘문예 성시 당선
* [사이버 중랑] 신춘문예 시 당선
* [김해ילᅴ보] 시민문예 남명문학상 시 당선(제1회)
* [경북일보] 호미 문학상 수필 당선
* [시문학] 시 추천 완료
* [문학공간] 소설 추천신인상 수상
* [문학세계] 희곡 신인문학상 수상
* [아동문예] 소년소설 신인문학상
* [문예사조] 수필 신인문학상 수상
* [시와 시인] 시조 청학신인상 수상
* [아동문학평론] 동시 신인문학상
* [아동문학] 동시 신인문학상 수상
* [문학공간] 본상(장편소설) 수상
* 위대한 대한민국 국민대상(문학발전부문) 수상
* 항공 문학상 우수상(시) 수상
* 여수해양 문학상(시) 수상
* 타고르 문학상 작품상(시) 수상
* 타고르 문학상 대상(문학평론) 수상
* 한하운 문학상(시) 수상(제1회)
* 계몽사 아동문학상(동시) 수상
* 사하 모래톱 문학상(수필) 수상
* 한국 문예 문학상(시) 수상(제1회)
* 한국 아동 문화상(동시) 수상
* 한국 아동 문예상(동화) 수상
* 오은 문학상 특별 문학 대상(시) 수상
* 큰여수신문 문학상 특별 대상(시) 수상
* 아동문예작가상(동시) 수상
* 광주 문학상 수상(제1회)
* 전라남도 문화상 수상
* 노계 문학상 이사장상(시) 수상

* 생활문예대상(수필) 수상
* 한양 도성 문학상(시) 수상
* 지구사랑 문학상(시) 수상
* 한화생명 문학상(시) 수상
* 경기 수필 문학상(수필) 수상
* 우리숲 이야기 문학상(수필) 수상
* 부산진 시장 문학상(시) 수상
* 이준 열사 문학상(시) 수상
* 안정복 문학상 은상(시) 수상(제1회)
* 커피 문학상 금상(시) 수상
* 독도 문학상(시) 수상
* 한민족문예제전 최우수상(시) 수상
* 공주 시립도서관 문학상(시) 수상
* 아리 문학상(수필) 수상
* 인문학 문학상(수필) 수상
* E마트 문학상(수필) 수상
* 샘터 시조 문학상(시조) 수상
* 이야기 문학상(수필) 수상
* 부산문화글판 공모전 수상
* 정음 문학상(시) 수상
* 유관순 문학상(시) 수상
* 한미 문학상(시) 수상
* 황금펜 문학상(시) 수상
* 한강 문학상(시) 수상
* 사육신 문학상(시) 수상
* 효 문화 콘텐츠 문학상 우수상(시) 수상
* 삼행시 문학상 은상(시) 수상(제1회)
* 샘터 수필 문학상(수필) 수상
* 이병주 하동 국제 디카시 문학상 수상(제1회)
* 경남 고성 디카시 문학상 수상(제1회)
* 서울 디카시 문학상 수상(제1회)
* 현대시문학상 디카시 문학상 수상(제1회)
* 시인이 되다 빛창 문학상(시) 수상
* 국민행복여울 문학상 금상(삼행시) 수상
* 전국 기록사랑 백일장 금상(시) 수상
* 전국 상록수 백일장 장원(시) 수상
* 전국 김영랑 백일장 대상(시) 수상
* 전국 밀양아리랑 백일장 장원(시) 수상
* 전국 김소월 백일장 준장원(시) 수상
* 전국 박용철 백일장 특선(시) 수상
* 전국 박용철 백일장 특선(수필) 수상
* 전국 영산강 백일장 우수상(시) 수상
* 전국 서래섬배 (시) 수상
* 전국 평택사랑 백일장(시) 수상
* 전국 만해 한용운 백일장(시) 수상
* 전국 이효석 백일장(수필) 수상
* 전국 한강 백일장 장원(시) 수상
* 전국 미당 서정주 백일장(시) 수상
* 글나라 백일장 우수상(수필) 수상

* 문학이론서 [현대시창작법] 등 16권, 소설집 [황진이의 고독] 등 7권, 시집 [Happy Imagery] 등 24권, 아동문학서 [살아 있는 그림] 등 10권, 번역서 [철학의 향기] 외 6권, [미네랄과 비타민] 등 5권, 총 저서 126권 발간

박덕은의 저서 발간 현황

〈박덕은 문학 이론서 발간 현황〉
제1문학이론서 〈현대시창작법〉
제2문학이론서 〈현대 소설의 이론〉
제3문학이론서 〈문학연구방법론〉
제4문학이론서 〈소설의 이론〉
제5문학이론서 〈현대문학비평의 이론과 응용〉
제6문학이론서 〈문체론〉
제7문학이론서 〈문체의 이론과 한국현대소설〉
제8문학이론서 〈한국현대소설의 이론과 적용〉
제9문학이론서 〈시의 이론과 창작〉
제10문학이론서 〈해금작가작품론〉
제11문학이론서 〈디코럼 언어영역〉
제12문학이론서 〈논술 고사 정복〉
제13문학이론서 〈심층면접 구술 고사 정복〉
제14문학이론서 〈둥글파 언어영역〉
제15문학이론서 〈논술교실〉
제16문학이론서 〈꿈샘 논술〉

〈박덕은 시집 발간 현황〉
제1시집 〈바람은 시간을 털어낸다〉
제2시집 〈거시기〉
제3시집 〈무지개 학교〉
제4시집 〈케노시스〉
제5시집 〈길트기〉
제6시집 〈갈힘의 비밀〉
제7시집 〈소낙비 오는 정오에〉
제8시집 〈자유人.사랑人〉
제9시집 〈나찾기〉
제10시집 〈지푸라기〉
제11시집 〈동심이 흐르는 강〉
제12시집 〈자그만 숲의 사랑 이야기〉
제13시집 〈사랑한다는 것은〉
제14시집 〈느낌표가 머무는 공간〉
제15시집 〈그대에게 소중한 사랑이 되어.1〉
제16시집 〈그대에게 소중한 사랑이 되어.2〉
제17시집 〈둥지 높은 그리움〉
제18시집 〈곶감 말리기〉
제19시집 〈사랑의 블랙홀〉
제20시집 〈나는 그대에게 늘 설레임이고 싶다〉
제21시집 〈내 가슴이 사고 쳤나 봐〉
제22시집 〈당신〉
제23시집 〈나는 매일 밤 바람과 함께 사라진다〉
제24시집 〈Happy Imagery〉

〈박덕은 소설집 발간 현황〉
제1소설집 〈죽음의 키스〉
제2소설집 〈양귀비의 고백〉(풍류여인열전.1)
제3소설집 〈황진이의 고독〉(풍류여인열전.2)
제4소설집 〈일타홍의 계절〉(풍류여인열전.3)
제5소설집 〈이매창의 사랑일기〉(풍류여인열전.4)
제6소설집 〈서울아라비안나이트〉
제7소설집 〈금지된 선택〉

〈박덕은 번역서 발간 현황〉
제1번역서 〈소설의 이론〉
제2번역서 〈철학의 향기〉
제3번역서 〈사랑하는 사람 가슴에 싶어주고픈 말〉
제4번역서 〈철학자의 터진 옷소매〉
제5번역서 〈세계 반란사〉
제6번역서 〈한국 반란사〉

<박덕은 아동문학서 발간 현황>
제1아동문학서 〈살아있는 그림〉
제2아동문학서 〈3001년〉
제3아동문학서 〈무지개학교〉
제4아동문학서 〈동심이 흐르는 강〉
제5아동문학서 〈곶감 말리기〉
제6아동문학서 〈서울 걸리버 여행기〉
제7아동문학서 〈돼지의 일기〉
제8아동문학서 〈해외 신화〉
제9아동문학서 〈마녀 헤르소의 모험〉(1권)
제10아동문학서 〈마녀 헤르소의 모험〉(2권)

<박덕은 교양서 발간 현황>
제1교양서 〈해학의 강〉
제2교양서 〈바보 성자〉
제3교양서 〈미네르바의 부엉이는 황혼녘에 날은다〉
제4교양서 〈멋진 여자, 멋진 남자〉
제5교양서 〈우화 천국〉
제6교양서 〈나만 불행한 게 아니로군요〉
제7교양서 〈나만 행복한 게 아니로군요〉
제8교양서 〈나만 어리석은 게 아니로군요〉
제9교양서 〈행복한 바보 성자〉
제10교양서 〈느낌이 있는 꽃〉
제11교양서 〈흔들림이 있는 나무〉
제12교양서 〈사랑하는 사람 가슴에 심어주고픈 말〉
제13교양서 〈철학의 향기〉
제14교양서 〈철학가의 터진 옷소매〉
제15교양서 〈창녀에서 수녀까지, 건달에서 황제까지〉
제16교양서 〈무희에서 스타까지, 게이에서 성자까지〉
제17교양서 〈사랑의 향기〉
제18교양서 〈황제 방중술〉
제19교양서 〈우리 역사의 난〉
제20교양서 〈명작 속 명작〉
제21교양서 〈쉽고 재미있는 철학 이야기〉(1)
제22교양서 〈쉽고 재미있는 철학 이야기〉(2)
제23교양서 〈쉽고 재미있는 철학 이야기〉(3)
제24교양서 〈역사 속 역사〉
제25교양서 〈세계 반란사〉
제26교양서 〈한국 반란사〉
제27교양서 〈행복을 위한 작은 책〉
제28교양서 〈세계 명사들의 러브 스토리〉
제29교양서 〈나의 가장 소중한 사람에게〉
제30교양서 〈세계를 빛낸 과학자〉
제31교양서 〈세계를 빛낸 정치가〉
제32교양서 〈세계를 빛낸 명장〉
제33교양서 〈세계를 빛낸 탐험가〉
제34교양서 〈세계를 빛낸 미술가〉
제35교양서 〈세계를 빛낸 음악가〉
제36교양서 〈세계를 빛낸 문학가〉
제37교양서 〈세계를 빛낸 철학가〉
제38교양서 〈세계를 빛낸 사상가〉
제39교양서 〈세계를 빛낸 공연가〉
제40교양서 〈해외 신화〉
제41교양서 〈읽으면 행복한 책〉
제42교양서 〈세기의 로맨스.1〉
제43교양서 〈세기의 로맨스.2〉
제44교양서 〈세기의 로맨스.3〉
제45교양서 〈세기의 로맨스.4〉
제46교양서 〈우리 명작 50선〉
제47교양서 〈세계 명작 50선〉
제48교양서 〈이솝 우화〉(공저)
제49교양서 〈나는 화려한 물음표보다 정직한 느낌표를
              만드는 사람이 더 좋다〉
제50교양서 〈신은 우리의 키스 속에도 있다〉
제51교양서 〈대학가의 해학퀴즈 모음집〉

제52교양서 〈뽕따일보〉
제53교양서 〈도토리 서 말〉
제54교양서 〈위트〉
제55교양서 〈청춘이여 생각하라〉
제56교양서 〈성공 DNA〉 제1권
제57교양서 〈성공 DNA〉 제2권

<박덕은 건강서 발간 현황>
제1건강서 〈내 몸에 꼭 맞는 영양 가이드〉
제2건강서 〈비타민과 미네랄, 그리고 떠오르는 영양소〉
제3건강서 〈내 몸에 꼭 맞는 다이어트-제1권 비만 원인〉
제4건강서 〈내 몸에 꼭 맞는 다이어트-제2권 비만 탈출〉
제5건강서 〈내 몸에 꼭 맞는 항암 식품〉

이상 총 저서 126권 발간